凤凰师轩
FENGHUANG SHIXUAN

行知工程
学生心理解码系列

在人生的春天播种

十四岁，写给青春的一封信

白宏宽/主编

编委会成员：简道寅　王珏　李伟　林丽　黄海群

江蘇鳳凰教育出版社
Phoenix Education Publishing, Ltd

图书在版编目（CIP）数据

在人生的春天播种：十四岁，写给青春的一封信/白宏宽主编．—南京：江苏凤凰教育出版社，2016.11

ISBN 978-7-5499-6126-9

Ⅰ.①在…　Ⅱ.①白…　Ⅲ.①书信集—中国—当代　Ⅳ.①I267.5

中国版本图书馆CIP数据核字（2016）第273027号

书　　名	在人生的春天播种——十四岁，写给青春的一封信
作　　者	白宏宽
责任编辑	雷利军　刘艳春
出版发行	凤凰出版传媒股份有限公司 江苏凤凰教育出版社（南京市湖南路1号A楼　邮编210009）
苏教网址	http://www.1088.com.cn
照　　排	北京世纪鸿文制版技术有限公司
印　　刷	三河市九州财鑫印刷有限公司
厂　　址	河北省三河市灵山大口
开　　本	787毫米×1092毫米　1/16
印　　张	16.75
字　　数	249千字
版　　次	2016年12月第1版　2016年12月第1次印刷
书　　号	ISBN 978-7-5499-6126-9
定　　价	30.00元
网店地址	http://jsfhjycbs.tmall.com
邮购电话	025-85406265,85400774　短信　02585420909
E - mail	jsep@vip.163.com
盗版举报	025-83658579

序

2002年年底，京源学校刊印了学校德育史上第一本内部发行的书籍《十四岁的故事》。它记录了一项连续六年在每届初二年级学生中进行的、令参加者激动不已的活动。

2010年年底，《现代教育报》用满是教育情怀的文字《“十四岁的故事”十四岁》，报道了在京源学校流行十四年，却依然打动着每个参与者的十四岁主题教育活动。

2016年春天，学校的德育工作者们精心整理此前十九年中和十四岁主题教育活动相关的文稿，对《十四岁的故事》进行重新编辑，并决定正式出版，作为学校建校二十周年的献礼。

一个教育主题，一种活动方式，在一所学校里坚持二十年而不衰，并且越来越焕发出勃勃生机，这是怎样的一个教育活动？能一直保持下来的奥秘又是什么呢？

十四岁是一个人生命成长中人生观、世界观、价值观形成的关键期，也是进行理想教育与人生教育的最佳奠基期。

十四岁，学生普遍进入了青春期。这一时期他们的身体发育迅猛，身高、体重、力量明显增加，第二性征出现，性器官发育趋于成熟，内分泌旺盛；在心理上他们会产生成人感，独立意识与自我要求增强，渴望得到他人的认同、接纳和尊重。很多孩子开始对异性产生兴趣，希望引起异性的关注；喜欢挑战、冒险、质疑与创造，做事往往不考虑后果。这一时期的学生多种心理矛盾交织：独立与依赖；冲动与自制；成人感与未脱幼稚；易情绪高涨也易产生挫折感；渴望得到别人的理解，但很少去理解他人；等等。由于身心生长的迅猛与变化的剧烈，心理学家称这一时期为“暴风骤雨期”，又由于心理矛盾与冲突多而被称为“危险期”“危机期”。这一时期最突出的教育难题是成人感、独立意识与挑战质疑精神造成的孩子们的逆反心理，他们急于摆脱成人的控制，对家长、老师的教诲产生抵触情绪，造成亲子交流困难，教育面临挑战。

这一时期的教育关键而又不易，如何抓住人生命成长中的这一关键期，克服“逆反心理”带来的教育困难，帮助学生走出“危机”顺利成长呢？教育工作者在教育实践中探索出一种被称为“青春一封信”的有效方法，就是用传统的写“家书”，即亲子通信的方式，来解决面对面交流中因“话不投机”产生冲突从而导致教育失败的难题。通信的方法很古老，但正因为它的古老和在亲子间少有人使用，才使它变得新鲜、神秘、富有庄重的仪式感。写信与读信是一种相对理性而深入的思考方式与情感沟通方式，写信者可以深思熟虑，字斟句酌，条理清晰地充分表达自己的内心想法，许多当面难以说出口的话语在信中也会表达得自然流畅。读信人可以细心品读，反复感受字里行间的“真情”与“真理”。重要的是这种通信是在教育工作者精心设计、细心指导下发生的一次有主题、有目标、有充分准备的教育行动。亲子双方在教师的指导下，把自己最需要向对方表达的情感、期望，用饱含亲情而理智的文字倾诉出来。而读信是在精心创设的一种更具仪式感的环境与氛围中——十四岁集体生日班会上进行的。书信中的文字此时化作一股清亮而充满暖意的泉水流入对方心田。“青春一封信”活动受到了家长和孩子们的热烈欢迎，老师们也深感找到了有效的教育“抓手”，抓住了有效的教育方式，取得了良好的教育效果。于是每届学生一升入初二，师生们就急切地投入到活动的策划、设计、培训、方案研讨、环境创设之中。新年到来之前，一幕幕生动的教育话剧精彩上演，一段段感人的教育故事自此流传。二十年了，活动的新鲜感和影响力不但没有丝毫衰减，反而历久弥新，感染着一届又一届京源学子与他们的家人。二十年，十九届学生，近七千个学生和家庭，两万余人，都曾深深地被这个活动感动过，并永久地把活动留在他们的记忆里。活动影响和改变了多少家长的教育方式，又有多少东西融进了孩子们成长的岁月年轮，无法以数字来表现。值得一提的是，此项活动荣获了“全国青少年思想道德建设工作创新奖”。

总结活动成功的原因，我认为主要有以下几点：

第一，它遵循教育规律，抓住学生成长中的关键期，在孩子、家长最需要帮助的时候，给予了适时的帮助，正可谓“好雨知时节，当春乃发生”。

第二，它抓住并解决了一个教育中的“真问题”，即克服“危机期”“叛逆期”中孩子的逆反心理，帮助家长和教师找到了一种成人与孩子之间有效沟通交流的方式。

第三，以情动人。活动紧紧抓住父母与孩子之间的骨肉亲情，在“情”字上狠下功夫，使用各种方法，创设浓厚的情感氛围。父母的舔犊之情，子女的感恩之情，老师的无私大爱，在这个活动中交融激荡，打动人心。

第四，充分准备。此项活动不是随机的，而是学校整体人生教育中的一部分。活动前学校会举办专家讲座，给家长讲青春期学生的生理、心理特点和成长发育规律，向家长传授方法，解读活动的意义，告诉家长写信的主题与注意事项；指导家长为孩子选择有意义的青春礼物。同时，老师带领孩子们精心设计班会，研究给家长怎样的惊喜，并精心布置环境。“凡事预则立，不预则废”，精心而充分的准备体现着京源学校的教育者做事精细的作风，为活动成功打下了基础。

第五，与时俱进，不断创新。二十年了，每一次活动结束，学校都要召开专题总结会，认真总结反思，找到成功经验与各项活动的亮点或特色，以供后来者学习借鉴；发现需要改进的环节，以利再战。每次活动开始前，班主任们都要在一起研讨新一届学生、家长、社会的变化，有针对性地设计新方案。二十年，社会发生了很大变化，这一活动却能依然留存的原因正在于此。

做教育需要持之以恒地坚守，教育的规律不会因时事变化而变化，学生的成长顺序不会颠倒，成长阶段也不可能被跨越，这需要教育工作者有一种坚守的精神，把一件被实践证明了正确、有效的事情坚持做下去。在这种坚持中，我们会不断认识新规律并运用规律提升教育质量。我们的德育往往只重视与时俱进，而不注重发扬传统，结果德育变成了单纯的时事教育。时事教育是重要内容，但它只是“当前德育”的一部分，而更重要、更长期的教育在于按照学生的成长规律，在各个关键节点上给他们适时、适度、系统的帮助，促其人格的全面发展。“十三五”期间，京源学校德育的一项重要任务，就是在学生成长的每一个关节点上都创造出一个或几个像“青春一封信”一样对学生有帮助的经典活动，形成京源学校“K－12”经典德育系列。

白宏宽

2016年3月1日

目　录

第一章　父母的深情

第二章　爱的回应

第三章　言由心生

第四章　老师的匠心

第一章

父母的深情

为女儿的未来喝彩

亲爱的（孩子）清华：

你好！在你过完十四岁生日，脱离少先队生活之际，我衷心地祝贺你迎来了多彩的青春岁月。

告别少年走向青年是人生的一次转折，标志着你已脱去稚嫩的“外衣”走向成熟。

忆想当年，我们少年时代的学习环境与你们现在的学习环境相比真是有天壤之别，少时的我是多么渴望能有一个好的学习环境啊！可是，我出生在广东的一个偏远山区，又生不逢时，正赶上我国三年自然灾害，饭都吃不饱，学习环境就更甭提了。从上小学起，我就一边参加劳动一边上学。学校校舍是几间土坯墙的茅草屋，屋里阴暗潮湿。在用土坯垒成的课桌上，我读完了小学。当我高兴地步入中学时，又赶上“文化大革命”，家里兄妹太多，太穷，我只在混乱的形势中念了两年就不得不退学了，然后回到偏僻的山区老家和乡亲们一起参加劳动。那时，我是多么想读书啊！然而，现实无情，我的少年生活只能与大山为伴。

从你背上书包走入校门那天起，我就想，你们这代孩子赶上了好时代，生活在蜜罐里，我们的愿望一定能在你们身上圆满地实现。从那时起，我就把一腔热情倾注在你的身上。每天，我都亲自为你做早餐，送你上学接你回家；天热了怕你中暑，天冷了怕你感冒，从不让你干力所能及以外的活儿。你上中学了，我戒了烟、戒了酒，跑遍所有书店为你购买辅导资料，尽一切力量来满足你学习上的需求。

是的，可怜天下父母心，为了你，我从不觉得苦。

孩子，你能懂得做父母的一片心吗？你即将步入青年时代，以后的路也许平坦也许崎岖，但是你要珍惜这段流金的青春岁月，努力学习。21 世纪是知识经济时代，毛主席说：“世界是你们的，也是我们的，但归根结底是你们的。你们青年人朝气蓬勃，正在兴旺时期，好像早晨八九点钟的太阳。希望寄托在你们身上。”是的，你们是未来的主人，而只有努力学习文化知识，才能做 21 世纪的合格人才。

最后，我向你和你的同龄人致以深深的祝福，祝你们学习进步！

你的父亲：吴楠

女儿，妈妈对你说

菁晶：

我的女儿。

首先，请你原谅妈妈迟交作业，使一向自尊心很强的你受到了些许伤害。

妈妈直到今天才给你写这封信，并不是忽略你，实在是因为心中有千言万语，不知该从何说起。知道吗？当那天开完家长会，我看完手里那封给家长的信时，心里充满了感激和欣慰。感激的是学校的领导和老师们以他们崇高的师德，对你们这棵棵幼苗，倾注了满腔的热情和全部的心血，为使你们每一棵小苗成材，他们兢兢业业，辛勤耕耘；欣慰的是你深深理解父母为你筹集学费的辛苦，从而努力学习并不断取得进步。我们十分庆幸，当初克服困难支持了你的选择，让你迈进了京源学校的大门。这实在是一所充满了生机和希望的好学校，你的知识在这里丰富，你的生命在这里精彩，你的青春在这里起步，你的精神境界也将在这里得到升华。

女儿，在你即将步入十四岁美好年华的时候，妈妈有许多心里话要对你说。还记得在你十二岁生日的那一天，妈妈送给你的礼物和信吗？还记得妈妈对你说过的话吗？妈妈说："送你一套新衣服，让你穿着它以崭新的面貌去迎接新的生活；送你一双新皮鞋，希望你迈着坚实的脚步走上你的青春之路；送你一块精心挑选的小手表，希望你珍惜时间，无悔地度过生命中的每一分，每一秒。"那是十二年来妈妈第一次送你礼物，也是妈妈对成长中的你深藏在心底的一份期冀。

我要告诉你，女儿，自你存在于妈妈身体里的那一刻起，妈妈这颗心就不曾离开过你，虽然那时妈妈身体不好，染上了一种难以治愈而又可能遗传给你的病毒，但妈妈决定，要为你的健康而坚强地活下去。从那时起，我几乎跑遍了市里的各大医院，寻找能阻断病毒传染给你的“神医”。终于，我在刚刚试制出预防这种病毒的疫苗的那家医院里，经过与死神三天两夜的搏斗，生下了健康但很柔弱的你。此后的一个月里，虚弱的妈妈为了使你尽快强壮起来，经常彻夜不眠地精心呵护着你：一个月后你的体重增长了近 3 斤，连哭声都变得那么响亮有力。然而妈妈却因过度劳累，不得不住进医院。从那以后，如同妈妈的心不曾离开过你一样，妈妈也不曾离开过那难闻更难咽的药。菁晶，当你嚷着“这药真难闻”并关上你房间门的时候，你可知妈妈心里在承受着怎样的煎熬？你可知道是什么给了妈妈勇气和毅力，十四年与苦药相伴，却始终笑对人生？是你，我的女儿！妈妈想通过自己长期不懈与病魔做斗争的经历来让你明白，人的生命只有一次，父母给我们的生命，我们有责任去珍惜，而决不能虚度浪费，甚至毁灭它。我还要通过自己的行动让你明白，一个人不管处在怎样的逆境中，都不要消沉和气馁，而要始终保持坚强的信念和意志。尽管妈妈的病很难痊愈，但我必须想尽一切办法积极治疗。也许将来你在生活、学习和工作中会遇到各种意想不到的困难，你一定要用坚定的信念，顽强的意志，一个一个地去征服它们，消灭它们，这样你的生活就会充实而有意义。

菁晶，你步入京源学校已经一年多了，你的进步很大，妈妈很高兴。可是妈妈在你的言行里也发现了一些不该有的小毛病，那就是“骄傲”和“懒惰”。这是一对人们进步的天敌。知道吗？女儿，每一个人都有自己的长处，也都有自己的短处，只有取别人之长，补自己之短，才能不断地完善自己。毛泽东有句名言：“谦虚使人进步，骄傲使人落后。”妈妈希望这句话能成为你人生道路上的源动力，千万不要因为取得的一点点成绩而沾沾自喜，那样你就会停滞不前。

女儿，你就要步入青春期，就快长大成人了，妈妈希望你能大胆地设计出自己未来的蓝图，并向这个目标去努力。妈妈希望你能从一点一滴做起，使自己成为一名讲文明、懂礼貌、肯吃苦、有毅力、让父母放心、使社会受益的好女孩！

妈妈

梦想·理想·奋飞的翅膀

婧儿：

爸爸此生选择了一条从军的路，你和妈妈跟我随军东奔西走，长时间居无定所，你也会不时地更换学校。爸爸没能为你创造优越的学习、生活条件，这常常让我愧疚。尽管如此，我依然认为你的童年、少年时代与爸爸妈妈的当年相比不知幸福多少倍。我相信懂事的女儿会知足奋进。

爸爸的童年生活中掺杂得更多的是苦涩。你知道爸爸生于西北高原的穷乡僻壤，但你可能不知道，爸爸出生前后举国盛行一首歌谣："一只手能提篮，两只手能搬船，千万只手搬倒山。"它体现了当时国家鼓励多生多育的政策，当时我国出现了历史上空前的人口增长高峰。对于我们家来讲，这种政策催生了排行第六的我，然后又催生了你的小叔叔。你爷爷奶奶由于子女多生活非常艰辛，加之正赶上三年自然灾害时期，我们贫穷的家庭生活犹如雪上加霜。记得我五岁时，十分羡慕那些背着书包上学的孩子们。那年秋季，生产大队（当时的村级行政单位）的小学招收学龄儿童入学，我自作主张地跑到学校报名，没想到竟被你不赞成孩子上学的爷爷责骂一顿。后来，我羡慕的目光不知多少次追随那些上学的天真烂漫的孩子们的背影，一直到他们消失不见。第二年，在你奶奶的坚持下，我终于上学了。我穿着被伯伯们穿过几轮又被你奶奶改做成的"新"衣裳，背上你爷爷用白羊皮缝制成的"皮"书包，兴高采烈地穿梭往来于求学的路上。每天晚上，有幸能够读书的兄弟四五人围着一盏油灯趴在土炕上，借着一缕昏暗的灯光做作业，你奶奶则在赶做全家十口人每人一碗的米面杂菜粥，或缝补四季总是供不应求的衣服、鞋袜。在班里，我的个头几乎矮了所有同学半截，学习成绩却很快跃到全年级第三名。正当我满怀信心准备迎接新学年时，你爷爷实在不堪十口之家的生活重负，硬要我休学一年。你爷爷从生产队揽来 30 头猪要我牧猪挣工分（牧一头猪可以挣三个成人工分，一个工分 0.65 元）。我一万个不情愿地提起了牧猪鞭，又设法借来二年级同学的课本，一边牧猪一边似懂非懂地把课本“啃”了几遍。没有笔和纸，我就把枯树枝当作笔，把沙滩当作纸，随时随地练字习词、演题。兴许是我的辛劳和求学的执着感化了你爷爷，记得来年在我要求直接上三年级时，是你爷爷几次找校长求情才被特准的。

爸爸曾经历过少年的迷茫，但迷茫中似乎魂牵梦绕着朦胧的理想。接受正规教育，力争苦学成才是我从小抱定的理想，可到我上到三年级第二学期时，突然从某一天起，国家陷入了动荡，我们的学习也受到了影响，我最终未能圆“大学梦”！

爸爸成年后终于圆了“大学梦”，实现了自己的理想，但壮年再圆少年梦，真是太难、太苦、太晚了！“少壮不努力，老大徒伤悲”，我失去了少年时圆梦的机会，只能在成年后抗争着改变悲伤的结局。1974 年冬季征兵，我以为入伍参军或许是上工农兵大学，进而完成理想学业、成就辉煌事业的绝好机会。我不够应征年龄，但硬是找到接兵的首长软磨硬泡，终于打动了他们的心，被破格批准入伍。我从此踏上了从军路，除了有生以来第一回穿着的一身全新草绿色军装和送行时全家人翻遍衣袋凑够的 5 元钱外，我带了一大捆中学时的课本和讲义，一心还想复习考大学。后来，邓小平同志复出拨乱反正，重点整顿国民教育。军营也和别处一样大兴学习之风，我用 40 天时间复习通过了成人高考，后来又先后报名参加了业余法律大学专科和本科班的学习，并获得了大学学历。十多年来，我初衷不改，结合工作和专业实践，坚持不懈地继续学习，孜孜以求，尽力充实、提高自己，也算学有所获。可是，在职自学时，我已娶妻生子，国事家事事事牵挂，往往要面临工作、学习、家务杂事等多重责任义务的挑战。

婧儿，我不知道是否应该给你写这一封信，在你现在的幸福甜蜜生活中拌入我所经历的苦涩。记得从你懂事起，我就断断续续向你讲过我从前的辛酸，引得你哭过好几回。爸爸妈妈曾经历沧桑和艰难，一生苦苦追求理想中的学业、事业，只可惜生不逢时，屡屡错失机遇，只落得学所未成、壮志难酬！说心里话，爸爸总希望你能在学习上努力、努力、再努力，最好由你来圆父辈未圆的梦。这绝不是为了满足我们自私的虚荣心，而是由衷地希望你能尽可能珍惜在校学习的机会，吸收尽可能多的科学文化营养，全面提高自身素质。考高分、考重点中学和上大学仅仅是人生追求的某一过程，而不是最终目的，成为建设祖国的栋梁之材才是有志者的归宿。

十四岁，新芽始绿，含苞待放，正值青春好时节，正是汲取知识，形成正确的世界观、人生观的关键时期。“一张白纸能画最新最美的图画。”你们现在有良好的学习环境和氛围，有可亲可敬的辛勤的园丁们精心的培育、呵护，有周围朝气蓬勃、奋发向上的莘莘学子比学赶帮，希望你牢记亲人的嘱托，不辜负老师的期望，抓住每一次机遇提高自己，力争德、智、体、美、劳全面发展，努力实现学业的圆满完成，为振兴中华做出自己应有的贡献。

婧儿，爸爸妈妈经历的是动荡不安的青少年时代，走过的是充满艰辛的曲折道路。而如今我们处在新时代，社会的有序变革和飞速发展，带动人们学习、工作、生活进入快节奏。我深知，你们现在的学习压力并不比我们当年的生存压力轻。所以，我想提醒你适度安排学习，不可变得“头脑发达，四肢简单”。“磨刀不误砍柴工”，压力越大，越要注意劳逸结合，还要善于自我调节心理、生理，使身心健康发展。

爸爸草于长春寒夜

做一个无憾、无悔、无愧的人

雯雯：

你好！今天你已经十四岁了，在此，爸爸首先向你表示祝贺，祝贺你迈进青春的大门。同时，我不由得也想起了我的十四岁。

当然，我的十四岁，在生活和学习条件上是无法与你现在的条件相比的。起先，爸爸是在上海农村老家上学，农村的教学条件很差，没有教学楼、实验楼和宿舍楼，冬天也没有暖气。中午饭都是从家里带的，好一点儿的也就是开水泡饭，再加上几块咸菜。即使那样，我仍学习得很认真。1975 年，爸爸到北京继续读初三，并被评为“优秀生”。当然，在这里我不是炫耀自己，而是想告诉你，我谈起自己的十四岁，没有遗憾，没有后悔，因为我的十四岁没有被虚度。

人们历来都喜欢把希望寄托给下一代，总希望下一代能生活得更好，我也是。这一点，你应该有所感受。时代在发展，社会在进步，你赶上了美好的时代。再过十年，该是你奋斗成才后，迎接人生辉煌的时候了。再过数十年，你也要向你的后人回答，对自己的青春是否无憾、无悔、无愧。

要做到将来无憾、无悔、无愧，首先要掌握科学文化知识，而要掌握科学文化知识，就要有所付出，要准备吃苦。通过吃苦可以锻炼你的一种精神，一种能克服任何困难的、永远奋斗进取的精神。

在这里我想问：孩子，你能吃苦吗？雯雯，近一段时间，爸爸感觉到与你沟通是那样困难。爸爸想与你说说学校的事，听听你对学习的看法，但你总是用沉默来应对。也许是爸爸真的老了，已跟不上时代的步伐了；也许你认为你已成熟，不再需要大人的呵护了。但成熟是什么，你是否真正懂得？

著名学者余秋雨先生认为，成熟是一种明亮而不刺眼的光辉，一种圆润而不腻耳的音响，一种不再需要对别人察言观色的从容，一种终于停止向周围申诉求苦的大气，一种不再理会哄闹的微笑，一种洗刷了偏激的淡漠，一种无须声张的厚实，一种并不陡峭的高度。爸爸经过多年工作实践总结经验，认为成熟也是临阵不乱、临危不惧的从容；是亲而难犯、不怒自威的风度；是让无知的挑衅者感激涕零的宽容；是让对手肃然起敬、望而却步的威严。同时，成熟更是在委屈和误会袭来时忍辱负重仍然执着前行的大度；是以默默的行动来证明自己的人格与实力的大气；是举重若轻，拿得起放得下的潇洒。

现在的你也许还不能完全明白其中的深意，我只是想让你明白一个道理：如果社会是个大舞台的话，那么，它是由许多小舞台组成的。每个人在登上这个大舞台之前，都要规划设计好自己人生的小舞台。通俗来说，你规划设计的人生目标是什么？从长远说，你将来是做一名教师，当一位技术工程师，还是当一位职业经理？从近处说，初三毕业以后，你准备考哪一所高中？高中毕业后，计划考入哪所大学？人生如果没有目标，就不会有前进的动力，就不会有所作为。

雯雯，只有通过辛勤劳动得来的果实，你才会更加珍惜；只有努力工作、不断进取的人，才是充实的人。那些无所事事、得过且过的人，必将虚度一生。

爸爸

写给儿子的信

斌斌：

你好！学校准备给你们集体过十四岁的生日，妈妈很为你高兴。十四岁这个年龄是每个人由少年进入青年的转折点，学校提倡每位家长给孩子写一封信，妈妈觉得这个主意非常好！

妈妈确实有很多话想对你说，但真的拿起笔来，又不知从何说起。妈妈三十岁那年有了你，在生你之前，由于过度疲劳，导致我甲状腺功能亢进症复发。这是一种内分泌系统的病变，可以靠药物控制病情，但药物会影响胎儿的智力发育。为了你，妈妈采用了外科手术治疗。不知你注意到没有，现在妈妈的脖子上有一条长长的疤，这就是那次手术给妈妈留下的永久“纪念”！但是看到你能健健康康地成长，妈妈从来都没有后悔过自己的决定。

对于一个三十岁的女人来讲，早已过了怀孕的最佳年龄，所以我当时妊娠反应相当严重，难受的时候，妈妈简直连活下去的勇气都没有了！直到怀孕第二十周的时候，你在妈妈肚子里踹了一脚，妈妈才真真切切地感受到了你的存在，那种亲切感、责任感油然而生，从此我就不再单纯是为自己活着，还要为了你努力活下去！尽管我还是吃完了就吐，但还是使劲去吃！我知道：要保证你有足够的营养，即使再难受，我也必须吃东西！生下你的第二天，妈妈就开始涨奶，为了防止引起乳腺炎而影响母乳质量，尽管皮肤都擦破了，妈妈仍坚持按摩。看到你香甜地吮吸着奶水，妈妈疼在身上，却喜在心里！

记得那是你四岁的时候，有一天晚上，妈妈给你讲睡前故事，你用你那稚嫩的小手慢慢抚摸着妈妈的脸天真地问道：“妈妈，你的脸上怎么有那么多皱皱呀?”“妈妈都是为你操心劳累才会长这么多皱皱的。”“妈妈，我听你的话!”你的回答让妈妈心里好温暖!

但不知从何时开始，我们之间的距离越来越远了，你不再依偎在妈妈身边和妈妈说心里话了，甚至不允许妈妈进你的房间、动你的东西。我知道，我可能不是一个很合格的妈妈，以前妈妈工作忙，每天下班回家你已经安然入睡了，我会打开你的书包，检查你当天的作业完成情况。看到你熟睡的样子，即使发现你有未完成的作业，我也不忍心把你叫醒再写，总是等到第二天一早再让你完成。久而久之，你就把许多作业留到第二天一早去学校做或干脆不做，到现在这个坏习惯仍然改不掉。对此，我难辞其咎。现在我的工作不那么忙了，妈妈想帮你改掉这个坏习惯，可你拒绝我的帮助，这让妈妈很伤心。

妈妈知道，你很聪明，只要稍加努力，你的成绩就会有很大的提高，这次期中考试就是很好的证明。但你的缺点是缺乏持之以恒的进取精神。十四岁是一个人培养责任心、树立人生理想、规划未来的关键时期。妈妈希望你从现在起，做每一件事都想想这样做是不是负责任的行为，如果你判断的结果是“是”，并也认真地去做了，那你就真的长大了。总之，妈妈希望你能健康、快乐地成长，早日成为一个对自己、对家庭、对社会负责任的男子汉!

你的妈妈

三个故事，无限期望

亲爱的 Eileen：

最近一段时间，妈妈有幸读了一些好书，我精心挑选了三个故事，讲给你听。

故事一：老鹰的故事

一个农家男孩在山间行走时发现了一个老鹰的巢，巢里面有颗老鹰蛋。他小心翼翼地把蛋带回农场，为了安全起见，他把蛋放在了鸡窝里，随后就忘记了这件事。没有多久，老鹰蛋孵化了，小鹰探出头来，想当然地认为给它温暖的母鸡就是它的母亲，而自己就是一只小鸡。它和别的小鸡一样，吃小虫子，咯咯地叫，只能半跑半飞地“飞”几尺高。它一辈子过着鸡的生活，一直到很老时，有一天，它抬头仰望天空，发现一只美丽的大鸟高高地在农场上空翱翔，姿态优雅而威猛，让它既惊讶又羡慕。

“这是哪一种鸟啊?”它问身边的一只鸡。

“那是鸟类之王——老鹰。”鸡回答道，“老鹰属于天空，而我们属于地面。我们没有办法像老鹰一样飞翔，毕竟我们只是鸡。”

从此以后，它开始梦到自己在农场上空高高地迎风翱翔，但是它一直也没有这么去做，因为它认定了自己的身份，甘心一辈子过着鸡的生活，并且以鸡的身份结束一生。

孩子，我们人类并不比这只可怜的老鹰高明多少，如果不对自身的非凡本能有所知觉，就会像那只误以为自己是鸡的老鹰一般，永远都不能高飞。其实，对于要活出什么样子，每个人都有选择的权利。你可以选择成为一只展翅飞翔的雄鹰，也可以选择成为一只默默无闻的鸡。关键是你首先得清楚自己是谁，然后才能活出真正的自己。

故事二：上帝的礼物

有一位圣人因具有高尚的道德，被一群天使带到天堂观光。他们来到一座大厅里，那里面堆满了各种各样的礼物：豪车、靓丽的衣服、闪闪发光的钻石……人间的好东西这里几乎应有尽有。

圣人觉得很奇怪，就问天使："为什么所有礼物都放在这里？"

天使回答说："这些都是人们祈祷时想要的东西，可是往往就在即将把它们分发下去时，祈祷的人们却不要了。"

孩子，我们的造物主从不阻止我们去获得我们想要的礼物，但是，我们必须要有获得这些礼物的足够信心，并且坚定不移地为此做出努力才行。面对苦难，我们必须咬牙坚持；面对诱惑，我们不应变得意志薄弱。

有些人放弃得到礼物的机会，只是因为他们失去了能获得礼物的信心，认为他们将永远得不到自己想要的东西。还有一些人，他们想得到的东西是变化不定的，今天想要一件新衣服，明天想要一辆新车，天气变冷时，又想到夏威夷度假。所以，他们的愿望近乎是不可实现的白日梦。

故事三：乞丐和他的箱子

曾经有一个乞丐在路边坐了三十多年。一天，一位陌生人经过这里。这位乞丐机械地举起他那破旧的棒球帽，喃喃地说："给点儿吧！"

陌生人说道："我没有任何东西给你，但我想问你，你坐着的是什么？"

乞丐回答说："什么都没有，只是一只旧箱子而已，自从我有记忆以来，我就一直坐在它上面。"

陌生人问："你曾经打开过箱子吗?"

"没有，"乞丐说，"打开有什么用？里面什么都没有。"

陌生人坚持说："打开箱子看一看。"乞丐这才试着打开箱子。令人意想不到的事情发生了，箱子里竟然装满了金子。

孩子，我们感到现在的生活节奏越来越快，似乎连获得充足的睡眠都是件奢侈的事情。但在你紧张忙碌的学习生活结束后，妈妈也请你停下脚步，看一看你的心灵。

内心的平和、喜悦、满足是最佳的心灵状态。我们每个人经过有心的修炼，都可以达到这样的境界：不与他人发生冲突，不与自己较劲，与整个世界和谐相处。这是个不完美的世界，但对于它，我们只能心存感激。

我们可以忘记过去的不快，不去多想也不必过度担心未来，唯一需要面对的就是现在。经常打开心灵的窗户，看一看自己的内心，做一次自省，那么你做事的时候会变得自觉，对于要做的事也会更加专注。只有学会专注并专注于现在，你才会有无穷无尽的力量。

你的内心是否就像故事中那个被乞丐忘掉的箱子里的金子呢？打开你的心灵之窗，你会发现那里有比金子还闪光的钻石！

永远爱你的妈妈

立志前树立正确人生观

知秋：

你好！青春阶段在人的一生中至关重要，因为人的世界观、人生观、志向、习惯等基本都在这个阶段完成雏形。青春的话题太宽泛，这次写信爸爸主要谈人生观的树立和立志的问题。

人生观的树立

通俗地讲，人生观就是对人的一生应该怎样过的态度和看法。在这方面，我们对你提了三条要求，即品德好、身体好、勤奋自立，品德好隐含在了人生观里面，身体好是过好一生的基础，勤奋自立则是实现人生目标的保证。

你尊敬长辈，善待周围的人，遇事乐观豁达，也比较勤快，有较强的自立精神，对此，我们深感欣慰。现在，你大了，应该思考自己的一生应怎样度过了。

爸爸认为，人要想一生过得幸福，就要做一个有益于社会、有益于他人的人。这个观念我是在初中时确立的。爸爸儿时经历过一些痛苦的磨难，那时的想法是这辈子能让自己“出人头地”和“过上好生活”，改变我这种想法的第一个人是你爷爷。你爷爷在“文革”后被平反，凭着自己的才智和勤奋，让我们家的生活状况有了非常大的改善。在我读四年级的时候，家中就能买得起当时非常先进的农用机器——拖拉机，在村中也算是一户先富裕起来的人家。而且你爷爷总是愉快地帮助那些家庭条件不好的人，我多次不解地问，为什么要帮那些人？他笑着回答说："这样心里舒坦。"后来，你爷爷在村里很受人尊敬。从此，我的想法开始改变，基本确立了做人要自强不息，并要有益于社会和他人的人生观。

我到现在还一直奉行这个信条去为人处世。我在当上单位的研究室领导后，以研究室整体发展为重，不太考虑自己的直接利益，把争取来的项目分给大家去做，把上级指定我负责的好项目让给了更需要锻炼提升的人。经过努力，我们为国防做出了贡献，研究室成员也得到了发展，我们研究室还培养了一批人才。在你看来，我也许不算成功，但爸爸可以欣慰地告诉你，我有成就感和强烈的幸福感，因为我把自己的知识、智慧和劳动转化为对社会和他人的贡献。

幸福的人不在于官做得大、钱挣得多，有时候睡在黄金上还不如睡在稻草上舒服。你想幸福地度过一生吗？那你就要做一个有益于社会和他人的人，把个人价值的实现与对社会和他人的贡献结合起来。

立志的问题

我们对你的三条要求中没有提到志向问题。这与我个人对志向的理解有关系，因为我觉得一个人的理想或志向主要是建立在独立思考的基础上，是在社会发展潮流的影响下形成的，而不是靠家长灌输而成的。现在，你进入青春期了，该是树立志向的时候了。

在立志的问题上，我有三点意见供你参考。

一是结合社会需求，当志存高远。只要你有了正确的人生观，在立志时，你自然会考虑结合社会需求这一点。我记得电视上播放过一个教育访谈的节目，内容是一位记者采访西部一个放羊娃的故事。记者问他为什么放羊，放羊娃回答说攒钱娶媳妇。记者又问，为什么娶媳妇，他回答说为了生娃。记者再问生娃干什么，他回答说放羊。这就是这个放羊娃的最高理想。我们不要去嘲笑这个放羊娃，因为他受到了各个方面因素的限制，所以眼界才这么狭窄，志向也不高远。但他的志向太小，影响了他生命的精彩和价值的实现。深受国人爱戴的周恩来总理，青年时就立下了“为中华之崛起而读书”的理想，正是这一崇高理想使他成为新中国第一任总理，为中华民族的伟大复兴做出了杰出贡献，他将被永载史册。所以，要想自己获得成功，绽放生命的精彩，立志当高远。

二是结合自己的喜好。你现在生活在一个好时代，可以根据自己的爱好去选择职业，而不是被硬性地分配去做什么。做自己喜欢的事情，本身就是一种快乐。我希望你能结合自己的爱好确立自己的志向。

三是切合自身实际，然后锲而不舍，分段实施。确立自己的理想或志向，一定要切合自身的实际。例如你立志当一名短跑运动员，但你的身体条件不允许，你再怎么喜欢也不会成功。确定志向之后，要锲而不舍地为之坚持和奋斗，“有志之人立长志，无志之人常立志”。你还要分阶段逐步实施自己的人生计划，把大目标分解为多个小目标。不管你立下什么样的志向，你现阶段的任务就是好好学习。

这次就写到这里，希望你认真思考，在适当的时候与我们交流。

父亲：熊春华

扬帆起航，掌好生命之舵

京京，我亲爱的女儿：

这是妈妈第一次语重心长地给你写信，希望你能将它保留一生。

京京，妈妈一直为聪明、乖巧、争气的你而感到骄傲和自豪！看着你一天一天茁壮成长，妈妈是多么欣慰和满足！在你十四岁步入人生花季之际，我想告诉你很多你不知道的事情。

当你呱呱坠地的时候，看到你美丽的小脸，妈妈成了天下最幸福的人！

你一岁的时候，妈妈把你放到姥姥家，你半年没见到爸爸妈妈，常常指着电视里的妈妈说：这个像妈妈！妈妈听说后，眼泪在眼眶中直打转转！

你上了幼儿园，学会了唱歌，当你唱着童谣的时候，邻居居然以为是电视里传出来的声音，妈妈听了好骄傲！

你八岁的时候，妈妈时常需要离开你去外地工作，每次离别前，你都懂事地看着妈妈，妈妈看到你眼里含着泪，赶紧把头扭过去，怕你看到妈妈成行的泪水。你每次都会把自己亲手做的礼物送给妈妈，还说：“妈妈，你想我的时候就打开看看！”妈妈打开一层又一层，十几层包装里面是你写给妈妈的最亲的话，妈妈好欣慰！

……

如今你十四岁了，在你扬帆起航之时，妈妈有一些话想对你说。

京京，妈妈希望你有宽广的胸怀。在你人生航程中，将有成功时，也有失败时；有顺利时，也有受挫时；会幸运，也会倒霉；会实现某些理想，也会面临现实的残酷。不管你遇到什么事情，希望你都能用宽广的胸襟、用一颗平常心去对待。

京京，妈妈希望你有高尚的道德情操。在大千世界里，有诱惑，有陷阱，希望你能始终把握正确的人生方向，不为小利而失去大义，不为私欲而失去原则，不为虚荣而失去自我。妈妈说这些，是告诉你，要始终保持清醒的头脑和敏锐的判断力，做一个身心健全的人、一个高雅的人、一个有益于社会的人！

京京，妈妈希望你有一颗感恩的心。学会感恩，为自己所拥有的一切而感恩，感谢生活的赠予。这样你才会有积极的人生态度，有健康的心态。爸爸妈妈给了你鲜活的生命，并用宽大的臂膀为你挡风遮雨；姥姥、姥爷精心呵护你，伴你成长；姨妈、舅舅和姑姑疼爱着你，对你事事关心；在人生的十字路口，有老师为你指引，为你点燃希望，给你插上理想的翅膀。相伴而行的还有你的同学、朋友，有了他们，你才有更加精彩的生活！你应感谢父母、感谢老师、感谢朋友、感谢所有帮助过你的人，感谢他们给了你绚丽多彩的人生，感谢他们让你拥有一颗热忱、感恩的心！

永远爱你的妈妈

字里行间，母女情深

亲爱的女儿：

首先祝贺你第一批加入了中国共产主义青年团，这不仅是你的光荣，也是我们全家的光荣。入团标志着你少年时代的结束、青年时代的来临，同时标志着你迈出了青春坚实的第一步，我为你感到荣幸。

在你成长的过程中，比起和你同龄的孩子，你遇到过不少挫折与困难，但在老师和妈妈的引导下，你能够面对现实，一一克服，从小养成了不怕困难的性格。

最让妈妈感动的有两件事。

第一件事是在你上小学三年级的时候，由于爸爸与妈妈在对待家庭、教育女儿、赡养老人等方面有着不可调和的矛盾，就离婚了。妈妈一人承担了抚养年幼的你和照顾80岁老母的责任。妈妈没有被困难压倒，在完成单位的工作后还利用业余时间做一些其他兼职来赚钱给你买书、交美术班和英语班的学费，带你参观博物馆、画展等。当然，你也是一个非常懂事的孩子，能理解、心疼妈妈。有一次妈妈因为过于忙碌而累病了，头特别疼，你坐在妈妈身边，用稚嫩的小手给妈妈按摩，还连声问："妈妈好点了吗？还疼吗?"你忙前忙后地给妈妈找药、倒水，让妈妈很感动。看到你在学习、生活中不仅没为妈妈离婚的事而耿耿于怀，还那么乐观向上，妈妈真为有你这样的好女儿而欣慰。

第二件事是你考上京源学校参加军训时，正赶上女孩子最不舒服的日子，肚子疼得很厉害，你不但没跟老师请假，还冒着雨坚持训练。回来后，妈妈问你为什么不向老师请假，你说："妈妈，我不怕，军训中的苦不算什么，坚持一下就过去了。"

从这两件事中妈妈得到启迪：在年幼的时候遇到挫折，并不是一件坏事，它不但让你在困难面前学会了坚强，还让你拥有战胜困难的勇气。

十四岁是人生的一个转折点，是心理变化剧烈的年龄阶段，能否很好地度过这一段时间，将影响你的一生。妈妈知道你是个懂事、要强、有理想的孩子，但在人生的转折关头，如何走好接下来的路程，妈妈还是有些不放心，在此要再嘱咐你一下。

一、要努力克服自身的不足，为今后的发展打好基础。尽管你是一个很不错的孩子，但也难免存在这样或那样的不足，如果现在不克服这些不足，将来有可能酿成大错。有些小毛病看似不影响大局，可在关键时刻可能会影响你的一生。好的习惯一定要从小养成。另外，在成绩和荣誉面前不要沾沾自喜，要克服骄傲自满的情绪，把每一次进步都看成一个新的起点。同时要学会处理人际关系，与同学们友好和睦相处，学会宽容待人。

二、学习整理青春期的情感，逐步走向成熟。这句话你可能理解不透，在这里妈妈只想告诉你，十四岁的你已是大孩子了，几年之后，你就是亭亭玉立的大姑娘了，在与同学的接触中，无论男生女生，你都应该以友好的态度对待他们。但在与男同学的接触中要避免被懵懂的青春情感所困扰，而影响学习。希望你以实际行动做一个在情感上健康向上的中学生，保持健康良好的人际关系。如果在情感方面你遇到了让自己很为难的事，不要犹豫，及时跟妈妈说，妈妈会用自己的亲身经历帮你解开难题，教你如何去做。

三、要珍惜时间，学会主动学习，掌握让你在竞争中获胜的本领。据报道，你们这届中学生出生时正值我国人口增长的高峰期，等你毕业时，北京市将有十八万初中毕业生，可以想象到时候中考竞争会是多么激烈。所以，要想在竞争中胜出，只靠完成老师留下的作业是不行的，还要主动做一些课外练习，拓宽知识面，而且不要偏科，因为社会需要的是具有综合能力的人才。从目前看，你的英语还不是很好，要争取每天挤一点时间多学学英语，特别要提高口语对话能力；物理是今年新开设的学科，要扎扎实实地打好基础，用“精卫填海”的精神鼓励自己去学习，积累更多的知识，掌握更多的本领，以期在竞争中立于不败之地。

四、希望你青出于蓝而胜于蓝。妈妈在学生时代也是非常上进的，从小学到高一一直是班长，也是同龄人中第一批加入共青团的。1974 年高中毕业后，国家还没有恢复高考，妈妈就插队去了。恢复高考的那一年，妈妈积极准备参加高考，可是非常不幸运，当时你的姥爷因病去世了，家里没有经济来源，妈妈只好参加工作了。讲到这里，你可能就会理解妈妈为什么有一定要把你送进大学的心愿了。我就是想让你圆咱们母女共同的梦啊！你聪明伶俐，又遇到这么好的班主任，处于这么优秀的班集体中，我相信你会成功！

孩子，十四岁是精彩人生的开端，为实现你美好而远大的理想而努力奋斗吧！

爱你的妈妈

勇气与毅力——写给十四岁的周锐

亲爱的儿子：

妈妈第一次这样亲昵地称呼你，第一次想对你说一句从未说过的话。可能是妈妈不太善于表达的缘故吧，所以一直把这句话埋在心底没有说出口，今天借助学校给我们的这次机会，妈妈要亲口告诉你："儿子，妈妈爱你!"儿子，你从很小就是一个乖巧懂事、感情细腻的孩子，同时又是那么坚强、勇敢。

上小学二年级的一天，你拿出一颗神奇的刀豆种子，一面写着"勇气"，一面写着"毅力"。我们一家三口一起把它种在一个小小的酸奶盒子里。从那以后，你每天放学回家后的第一件事就是看看种子有什么变化。就这样，种子在你的精心照料下，渐渐发芽长大。直到有一天你放学回来，看了看已经长大的小苗，和我说："妈妈，这个盒子好像装不下它了。"我才意识到，原来小植物长大了，这个小盒子已经装不下它了，它需要一个更大的生长空间。于是，你和爸爸一起把它移到了院子里的香椿树下，让它攀着树干，往上生长。从那以后，你更加用心地呵护它成长。妈妈知道，你也和豆苗一起在长大。通过你对刀豆生长过程的关注，妈妈知道，你种下的虽然只是一颗普通的种子，收获的却是勇气和毅力。与刀豆共同成长的过程和经历，帮助你长成了一个勇敢、坚强的男子汉。

说你是个男子汉一点儿也不夸张。2008 年的一天，你突然生病了，我们去了北京的儿童医院、301 医院、水利医院，还有黄家医圈医院等。当时正值寒冬，我们两个人几乎每天都要搭乘公交车，奔波于这几家医院，你要做各种各样的检查、化验。你不但要承受疾病带给你的疼痛，还要忍受严冬的寒冷，忍受辗转奔波的辛苦，服用很多种缓解疼痛的药物。这期间你什么都没说，只是默默地承受着。在这种情形下，你都没有落下功课，期末考试的成绩还是那么优秀。老师表扬你，同学佩服你，你却一点儿骄傲的表现都没有，依然努力地学习着。妈妈只能对你说："你是真正的男子汉，你是妈妈的骄傲!"

2009年的暑假，你刚满十岁。你很想念远在家乡的姥姥，为了了却这份思念，你一个人勇敢地踏上了旅程，去探望日思夜想的亲人。起初，妈妈把你送到机场，真的有些担心：万一坐错了飞机怎么办？万一走丢了怎么办？直到你打来平安抵达的电话，妈妈一直提着的心才放下。在新加坡三姨家的时候，你可以独自照看七个月大的妹妹，帮三姨打扫房间，陪姥姥逛街。你真的做了不少的事情，独立完成了你人生的第一次旅行。你是好样的，你永远是妈妈心中最勇敢的孩子。

今天是你十四岁的生日，是你从少年期进入青年期的转折点，也是你人生一个新的开始。孩子，你长大了，不光是个子长高了，心理也变成熟了，对待身边的人和事物，也有了自己的观点和判断标准，有了属于你自己的人生观和世界观。希望你能踏实地走好今后人生的每一步，也希望我们不只是母子，更是一对可以用心去沟通交流的好朋友。

爱你的妈妈

吾家有儿初长成

亲爱的岳儿：

你好！今天是一个特殊的日子，是我们也将是更多人会一起留存深刻印象的日子。可于我们而言，有你的日子哪一天不是刻骨铭心？哪一天又不是值得回味的呢？

1999 年 6 月 7 日凌晨 7：20，你向我们骄傲地宣告了你的到来，也宣告了我和你爸爸步入了为人母、为人父的行列。身体发肤，受之父母，生你固然不易，养你又岂能以易和不易简而划之？你给了我们再次体验生命成长的历程，于你是成长，于我们而言该是生命的蜕变吧！

出生 7 天后，你就想把一条小胖腿搭到另一条小胖腿上，那时的你哪能做这么高难度的动作呀！可你小脸涨得通红，还是不放弃地试了又试……

半岁以内让你学习抓东西，你发觉几个手指的分工合作是要慢慢学的。让你伸出一个小手指，你总会把其他几个不听话的小手指也伸出来，被我一个一个地按回去……抓东西、说话、走路，在我们看来再平常不过、简单不过的事情，对你而言，都要有一个个奇妙而艰难的历程……

所以，在你即将跨入青春的门槛时，妈妈要对你说：孩子，要时刻关爱自己，你的生命不仅仅属于你自己。每个生命都是顽强的，也是美好的，更是神圣的。善待自己，是对自己负责，也是对生命的尊重。

你四岁时，有一天是幼儿园的开放日。家长围坐在小饭桌边，看孩子们吃饭。只有你用筷子夹着菜说："妈妈你吃!"那个场面妈妈一想起来就要幸福地掉眼泪。冬天骑车带着你上下学，怕你冷，怕你睡着了，我总会时不时地问一句："岳儿，没睡吧?"你就拉着长音说："没——睡!"即便上了小学，只要妈妈回家在楼下按了门铃，屋里的你总会立刻开门。我一步一步往上走，同时你穿着小拖鞋吧嗒吧嗒地从六层往下走，一边走一边还不时地和妈妈说着话……

有时候我就想一直这样走下去，岳儿不长大，妈妈也不老，妈妈是不是太自私了？如今你长大了，妈妈要告诉你：学会感恩，主动去关爱、帮助别人。当你和你周围的人与爱相拥，被温暖包围，你的人生之路才不会寂寞，才会更丰富、精彩。

你五岁时，我把听到的一节语文课内容讲给你听，说的是一个小女孩如何勇敢地实现自己心愿的故事。那时我教高三，晚上要上到 7：30 才下课。上课前我把你一个人锁在同楼层的办公室里，下课了，别的老师推门告诉我说："孩子在教室门口等着你呢。"我吓了一跳，可怜的岳儿在门口等了多久？居然一声不吭。你说想妈妈了，想到那个胆小的你居然打开了窗户，爬上窗台，跳到了楼道里，老实地站在门边，听着妈妈的声音，等妈妈下课，妈妈的眼泪就流下来了。那么长、那么黑的楼道，你站了那么久，妈妈的岳儿是多么懂事，又是多么勇敢啊!

你上小学时，每天要自己坐车回来。你一个人背着个大书包，要挤上车，要刷卡，到站了还要及时下车……我的岳儿居然把这一切都搞定了。

上中学后，有一次你在校运动会上报名参加了 800 米和 4×100 米接力比赛，看着你在赛场上拼尽全力地奔跑，超越了对手，我突然有种不想放手却又不得不放手的感觉。孩子终将要与我们渐行渐远，父母心存的却是那份愈久愈浓得化不开的牵挂……

所以，妈妈要赶紧再嘱咐你一句：未来的路上，要勇敢，要果断。

勇敢是一种积极的人生态度，它让人面对挫折时不消极，不退让。勇敢能让你经历风雨看到彩虹，更能让你的人生经得起各种历练。

果断是一种处世的人生智慧。拥有它的人，面对问题时不犹豫，不矛盾，自信而不自大，特立而不专断。多一份对自己的肯定和欣赏，生活就会为你打开更多的门和窗。

今天，家人、师长、同学欢聚一堂，共同为你们庆祝十四岁生日，迎接青春的来临。

今天，我们共同见证你们的成长。请相信：快乐是你们的，也是我们的；成长是你们的，也是我们的……

“吾家有儿初长成”，期待你长成参天大树日子的到来，更珍惜与你共同成长的美好时光！

谢谢岳儿，谢谢你让我们感受到生命是如此美丽！

你的妈妈：柯霞

心有大未来

亲爱的儿子：

转眼间，你就已经十四岁了！已长成了一个帅小伙儿，而且，今后成长的空间还很大。爸妈真为你感到高兴！

孩子，十四岁是一个年轮，刻写着你来到我们中间已经整整十四个春秋；十四岁是一个标志，代表着作为父母的我们，已经付出了整整十四年的心血养育你；十四岁更是一个转折，意味着你将从此告别好玩任性的孩童时代，你的生命将进入越来越有自己独立意识的青春少年时期。

孩子，你已经长大了！

孩子，你知道吗？父母陪伴着你，一路走来，这十四年的岁月真的很不容易。妈妈怀着你的时候，你爷爷患了重病。爸爸既要照顾病危的爷爷，又惦记着妈妈肚子里的你。爸爸从陕西回来的第二天，妈妈就进了产房。生你的时候，动了产钳。当医生让爸爸签字——动产钳有可能给孩子留下后遗症，不动产钳胎儿会窒息的时候，妈妈正在产床上经受着生死考验……

你顺利出生了，给全家带来了喜悦。由于伤口难以愈合，妈妈又再次住进了医院，整整一个月……

"卢北辰"——这是一直记挂着你的爷爷给你起的名字，出自《论语》，"为政以德，譬如北辰"，寄托了未谋面的爷爷对你的无限希望。

孩子，小时候的你调皮可爱，有时候像个小大人一样，很有主见，全家人都喜欢你。用你妈妈的话说，"自从有了卢北辰，我和你爸爸的生活充满了欢乐”。真的是这样，休息日爸爸妈妈带着聪明活泼的你去香山、八大处，去北海、玉渊潭……每一处都留下了你一串串的笑声……

现在，你上了初中，成为一名光荣的中学生，你的人生已经翻开了崭新的一页！

成长意味着进步，成长也意味着要学会理性地思考问题，因为没有谁可以随随便便走向成熟！

11月1日是你的十四岁生日，妈妈给你的生日礼物是你最想要的学习机。打开机子，一曲好听、触动心灵的音乐飘过，那是英文歌曲——《心有大未来》。

爸爸妈妈想说的是，这首歌的音符里，包含了我们对十四岁的你的殷切希望：拥有梦想，对人友爱，有责任感。

梦想：每个人来到这世间都有自己的使命。你的使命是什么呢？你长大后想成为什么样的人？梦想成就未来，有梦想才会有面对困难的勇气，有梦想才会感受到学习的乐趣、体会到生活的意义。

友爱：以一颗善良之心善待周围的一切。一个人的成长离不开许多人的帮助和扶持，除了父母，会帮你的人还有尊敬的老师和可爱的同学，以及关爱你的亲朋好友。善待别人，就是善待自己！凡事不能只考虑自己，也要考虑别人的想法；发生矛盾和冲突时，首先反省自己的过错。如此待人，你的成长之路会更加顺利。

责任：孩子，你终将会成长为一个顶天立地的男子汉。从现在开始，就要增强自己的责任意识。父母养育了你，供你上学读书，你怎样报答父母？老师培养了你，教给你知识和做人的道理，你怎样回报学校？许多陌生人帮助了你，你怎样回馈社会？每种成功都是努力的结果。你要想获得成功，首先要学好知识，以优异的成绩来证明自己；同时，注重自己的道德修养，展现出自己最阳光的一面。无论何时都要相信，一分耕耘一分收获，付出多少就会得到多少。

最后，父母送你一句格言，作为对年满十四岁的你的鞭策和鼓励：

宝剑锋从磨砺出，
梅花香自苦寒来。

怀揣梦想，心有大未来！
相信未来的你一定会以自己的能量照亮周围的世界！
祝福你，孩子！

永远爱你的父母

附：

爸爸送你的生日礼物是高倍军用望远镜，寓意目光远大，成就自己的梦想！

希望你用来开阔视野，观察丰富多彩的大自然。

给冯天、冯元两姐妹的信

亲爱的天儿、元儿俩宝贝：

时间过得真快，不知不觉，你们已经十四岁了，爸爸妈妈虽然经历了不少艰辛养育你们，但是看到你们俩一天天长大，我们内心充满了欣喜、骄傲和幸福。你们一路上成长的点点滴滴，经常像电影画面一样浮现在我们眼前。

从幼儿园起，你们就是老师心目中的好孩子，黑板上你们俩的名字下面永远是一长串的“小红花”。你们常奶声奶气地唱儿歌《小乌鸦找妈妈》，“……她的妈妈年纪大，躺在窝里飞不动，小乌鸦呀叼来虫子，一口一口喂妈妈……”每每回想起你们唱这首歌时的表情和动作，都会让我们感动不已。

进了小学，你们的学习成绩一起名列前茅，连续六年都被评为“三好学生”，最终被京源学校录取。在学校里，你们俩各方面表现也非常棒，担任班级学习委员、课代表，为老师和同学们提供力所能及的帮助。同时担任校广播电台主持人，为活跃校园文化生活尽心尽力。你们付出的努力和取得的成绩，让爸爸妈妈时时刻刻都在为你们自豪。

现在，你们俩渐渐长大了，思想上更独立了，行为上也更自主了，我们愿意给你们更多的时间和空间去成长，但有时还是不放心，会时不时提醒你们几句，因此我们之间经常会出现摩擦和碰撞。但是爸爸妈妈要说，一定要相信我们，我们绝不是干涉你们的自由，而是提醒你们如何更好、更有效地利用时间，更合理地分配好自己的作息时间，在思想上不松懈，学习上不懈怠。

天儿、元儿，下面这些话，希望对你们未来的成长有所帮助。

首先，还是要谈谈学习问题。升入初中后，你们的学习有时表现出一种不稳定的状态，爸爸妈妈看在眼里急在心上。艰难的学习生活才刚刚开始，你们今后将面临竞争更为激烈的中考和高考，要想在未来的重大考试中取得理想成绩，平时在学习上一定要扎扎实实多下功夫，学习中遇到难题时一定要多想一想，找到更好的解决办法，做一个善于思考和解决问题的人，学习上坚守永远只跟自己比的信念，信奉每天进步一点点的原则。

其次，追求目标，永不放弃。相信你们现在已经在心中确立了理想和奋斗目标，在未来的成长岁月里，会有无数挫折在等着你们，你们会跌倒、会痛苦，但千万不要放弃坚持，你们要做的是爬起来，跨过荆棘，继续前行。用一句话与你们共勉：成功的路上并不拥挤，因为能够坚持下去的人不多。

第三，要有责任心，敢于担当。一个人能够承担的责任越多，他的责任感就越大，也越能实现自己的价值。所以，你们要有承担责任的勇气和自觉性。一是要对自己负责，自己的事自己做；二是要对家庭负责，需要为爸爸妈妈分担一些责任；三是为班级、为学校担负责任，多做贡献。相信你们有这个能力。

最后，你们姐妹俩一定要互相帮助，互相关心。小时候，你们偶尔会为谁多分到一勺鸡蛋羹而闹别扭，但转瞬就和好如初。现在你们朝夕相处，形影不离，无话不说，未来成长的道路上，爸爸妈妈希望你们永远相互照顾，共同成长进步。我们最大的心愿是，你们俩同样出色优秀，让我们付出双倍辛苦的同时能收获双倍的幸福和快乐。

天儿、元儿，你们要记住，你们的人生之舟已经启航，希望你们能收获快乐和成功，在任何时候都不要忘记那些曾经帮助过、关心过你们的人，待人要宽容，心中装满阳光。在你们成长的道路上，爸爸妈妈会永远守护着你们、陪伴着你们，为你们加油、鼓劲。

永远爱你们的爸爸妈妈

给亲爱的女儿任宇凝的一封信

亲爱的豆豆：

你好！

今天，爸爸妈妈一起送你去辅导班学习，看着你迈着轻快的脚步走进教室，认真地听老师讲解难题，我们突然意识到你长大了。看着你从蹒跚学步的小女孩，快乐地成长为一个漂亮、开朗、大方、懂事的大姑娘，我们深感欣慰。你的每一点成长和进步都让我们为你骄傲，你是我们精心守护的精灵。你长大了，懂得了如何照顾自己，懂得了努力去做自己喜欢做的事情，懂得了去思考自己的人生大事。此时此刻，爸爸妈妈想静心和你一起探讨几个问题。

第一，学会感恩。当你还在妈妈肚子里的时候，总喜欢欢快地踢动，但妈妈愿意愉快地享受着你的“折磨”。虽然每天都在辛苦地工作，但因为有了你，我们便有了快乐的源泉。当听到你降生后的第一声啼哭时，妈妈忍受着巨大的疼痛幸福地看着你。之后的日子里，当你半夜醒来东张西望，几乎每次都能够看到妈妈疲惫的身躯在为你忙碌着。在爸爸妈妈的呵护下，你快乐地成长着，有时候会调皮地要着小脾气和我们“斗智斗勇”，一副小大人的模样。记得那一年，你突发急性阑尾炎，生命受到巨大威胁，身为医生的妈妈也六神无主，急急忙忙把你送进手术室，焦急地等待着、祈祷着；爸爸得到消息后心急如焚，连夜从北京赶回张家口。我们一直守护到你平安脱险。妈妈一天一夜没吃没喝，身心疲惫地守护在你的床前，看着刚被从死神手里抢回来的你，满心都是疼爱，满眼都是失而复得的幸福。而你躺在病床上，看着爸爸妈妈陪在身边，也是一副幸福的样子。这只是你成长过程中一次不愉快的经历，它促使你更快长大，变得更加懂事。后来，你顺利进入幼儿园、小学、中学，在同学的陪伴下，在老师的精心教导下，逐渐成长起来。在你人生的道路上，你能感受到父母为你辛劳地付出，对你无私地关爱和精心地照顾；你能感受到老师对你的关心、疼爱和谆谆教导；你能感受到同学和亲朋好友对你的理解、支持和帮助。学会感恩，是你人生启蒙的第一课，是你行走社会的第一步，是你在走向成熟的过程中应优先形成的良好品质。拥有一颗感恩的心，你的心情将是愉快的，用一颗感恩的心对待别人，你将发现生活中多了些欢笑、快乐、真诚，少了些虚伪、欺骗和伤害。

第二，学会担当。担当是什么？担当就是要承担责任，担当就是要做自己应该做的事，尽自己应当尽的责任。古代有文成公主远嫁吐蕃、花木兰替父从军；近代有一大批革命先烈和仁人志士舍身报国、抛头颅洒热血，只为建立新中国；现在有带着妹妹上大学而感动中国的洪战辉，有奉献青春、终生支持边远山区教育的老师和不怕牺牲、英勇救人的革命军人。担当是什么？担当就是有少年周恩来“为中华之崛起而读书”的崇高理想；是鲁迅“寄意寒星荃不察，我以我血荐轩辕”的豪情壮志；是顾炎武“天下兴亡，匹夫有责”的爱国情怀。担当是什么？对你现在来讲，担当是对自己、对家人尽责，努力照顾好自己，学会打理自己的生活；适当自我加压，积极学习新知识、新本领；在成长的过程中，学会有错就改正，在改正错误的过程中不断学习和提高；学会体贴自己的父母，尊敬师长，团结同学。如果一个人没有了担当，那么他将会变成一个自私自利、懒惰、无知、堕落的人。爸爸妈妈希望你做一个有担当的人，也相信你是一个有担当的人。

第三，学会沟通。沟通是一座桥梁，是你与父母、老师、同学、社会之间联系、交往、和谐相处的桥梁。学会与父母沟通，父母是你人生的第一任老师，从他们身上你能看到无私的付出、真心的疼爱和无限的宽容，你能从中收获一颗感恩的心；学会与老师沟通，你能理解老师的良苦用心，会尊重老师精心育人的辛勤劳动，你能从中收获一颗尊师重教、谦虚向上的心；学会与同学沟通，你能感受到同学之间的友谊、共同学习的快乐，你能收获纯洁的友情；学会与社会沟通，你能体会到社会环境的复杂多变、人情世故的轻重深浅，从而为你进一步认识社会、走入社会、融入社会提供宝贵的经验。通过沟通，你可以获得别人的关心、帮助与支持；通过沟通，你能够实现自我价值。

第四，学会珍惜。我们选一首叫《珍惜》的诗送给你：

昔日飘去的白云，昨日流逝的阳光，
若不曾珍惜，今日只剩懊悔；
懊悔的泪水，唤不回身边的亲人；
懊悔的泪水，唤不回已走远的青春；
唯有珍惜，可以令生命闪光。

珍惜就是要及时地做事、及时地感恩、及时地生活、及时地学习……因此，只有珍惜才能拥有，只有付出才有回报。你应珍惜妈妈的唠叨，那是妈妈无私的付出、真心的关爱；你应珍惜老师的劳动，那是老师谆谆的教导，是帮助你实现理想的阶梯；你应珍惜流逝的时间，那是生命燃烧的旋律，是青春唱响的赞歌，时间是不等任何人的。学会珍惜，你会清醒地看到青春流逝的脚步，三年的初中学习时间很短，现在不知不觉已到了初二的第二个学期。此时此刻，你是否体会到了时间的宝贵？是否感受到中考的压力？请你珍惜现在，努力去学习。

第五，学会自律。有这样一则寓言：风筝和线手牵手在天空中飞翔，风筝不耐烦地对线说："老兄，请放开我，不要限制我的能力。"线劝说道："老弟，我的责任就是要限制你，否则，你就会失去飞翔的自由。"风筝不听劝告，拼命挣脱了线的束缚，然而它将线挣断后不久，便一头栽进了无底的深渊。风筝误解了自由的真正含义，它不明白纪律与规则才是自由的保障，而自律又是遵守纪律的最高境界。因此，学会自律，就是要实现自我约束、自我管理。实际上，你每天准时到校，课堂上精神饱满，积极思考；课下独立思考，高质量完成作业；考试时交出一份份诚实的答卷；跑操时咬紧牙关，毫不松懈，坚持到底；值日时用汗水换来窗明几净……这些都是自律的体现，爸爸妈妈认为你做得很好。如果你在学校能够再抓紧时间学习，认真仔细地完成课后作业；在家中能够更好地打理好自己的生活，做事不拖沓，做作业时少玩或不玩手机，那么你在自律方面将会做得更好，爸爸妈妈也相信你会做得更好。

豆豆，爸爸妈妈是爱你的，老师和同学是喜欢你的。你现在长大了，有了自己的私密空间，也有了自己不愿说出口的小秘密，我们愿意先通过书信和你交流，探讨一下生活、学习和人生理想，也希望能够通过书信陪伴你走过人生最重要的一段路。不管以后你选择了什么样的路，爸爸妈妈都永远是你最坚强的后盾；不管你以后走多远，家永远都是你温暖的港湾。

永远疼爱你的爸爸妈妈

书信寄嘱托

佳睿：

你好！妈妈很高兴能够通过书信的方式与你交流。时光飞逝，转眼间，你已是一名初中二年级的学生，在你即将告别天真烂漫的少年时代，步入人生中最美丽的花季之际，妈妈有许多话要对你说。

一直以来，我对你各方面的要求都比较严格，对你的说教也多些，你可能会有些烦，但你要知道妈妈做这些都是为你好，只是方法不够得当。今后妈妈要努力改变自己的说话语气和方式，像朋友一样与你交流。

可能你认为在妈妈眼中你总是做得不够好，其实，在我的眼里，你一直是一个最完美的孩子。

记得在你很小的时候，一次你感冒发烧，需要扎手指抽血化验。你不停地问我护士阿姨扎针疼不疼，我能感觉到你对扎针的恐惧，很是心疼。可当护士阿姨拿起你的小手准备扎针时，你没有哭闹、抗拒和躲避，而是勇敢地伸着手，信任地看着护士阿姨。护士阿姨抽完血后，你扭过脸骄傲地看着妈妈，那坚定的目光似乎在对妈妈说："妈妈您看，我有多勇敢！"我为小小的你的勇敢而骄傲。

上小学时，课余时间你在少年宫学习舞蹈。每次练基本功时，你都认真按照老师的要求去做，从来不偷懒。当老师挨个给你们压腿时，我看到许多孩子因为怕疼而反抗、哭喊，甚至放弃，而你每次都咬牙坚持，从来不怕苦不怕疼，完成了一次次的训练任务。妈妈为你的坚强而感到欣慰。

记得你上小学一年级时，我第一次带你去中央音乐学院参加音乐基础知识考试。初生牛犊不怕虎，那时的你还不太理解考试的意义，像参加生日聚会一样兴奋，随着带队老师和小伙伴们笑着走向了考场。当你小小的身影消失在走廊的另一边时，我的眼睛湿润了。小小的你怎会知道，这只是人生刚开始的一次小小的考试，我的宝贝女儿，你以后要经历多少次这样的考试呀！

每次带你出游，不管在外面玩得多么兴奋，一旦回到家，你的心就收了回来，很快进入到正常的学习、生活当中。每次考试，你总是从容不迫、有条不紊地准备着，不让父母为你担心。在我的心中，你真是一个有担当、大气、适应能力强的孩子。你身上的这些品质让我佩服，妈妈在这方面远不如你！

我有时会因为工作忙碌而把坏情绪带回家里，教育你的方式方法过于简单，有时可以算得上粗暴。我经常拿别人家的孩子与你比较，而你没有拿别人家的家长来与我对比。对于我的不称职，你给予我更多的是包容与大度，想起这些我就会惭愧。

渐渐地，当你不再喜欢甚至反感我叫你“宝宝”时，当你抗拒我对你的爱抚，一而再，再而三地甩开我想拉着你的手时，当你开始想摆脱我的呵护而有自己的主见时，我真实地感觉到：你长大了！

此时此刻，爸爸妈妈要祝贺你长大了，从此你不再是一个懵懵懂懂的小孩子，而是已迈入美好青春年华的小大人了。这是你人生的重要转折点，而今后的路还很长，妈妈有太多的话要对你说。

第一，要懂得感恩。你的成长，家人付出很多心血，爸爸妈妈、爷爷奶奶、姥姥姥爷、小姨、叔叔都无私地爱着你，不求回报。上幼儿园之前，奶奶每天在家照顾你，细致入微，很是辛苦。前段时间她的腰腿疼的老毛病犯了，当我们接她去医院治疗时，她拖着病腿从楼上拿下来几根刚刚煮熟的玉米让我们带给你吃，还不停地询问你的情况；姥姥经常做你爱吃的饭菜送过来，想方设法为你增加营养；小姨、叔叔经常为你买来学习资料，关心你的成长……我说的这些看似是一些平凡的小事，但生活就是由这些普普通通的小事所组成的，这些小事中体现了家人对你的爱。你一定要牢记家人对你的这份爱，要珍惜这份亲情，任何时候都不要忘记！

第二，要给自己定个目标。有了目标，才有前进的方向和动力。现在正是初中阶段，即将面临中考，这将是你人生中较为重要的一次考试，也是你展现自己的一次机会。一定要给自己定下一个目标，只有朝着心中的目标努力，才不会迷失前进的方向，不会让自己初中阶段的学习留有遗憾。

第三，要充满自信。不论做什么事情，一定要相信“我能行”，不要怀疑自己的能力。只要自己努力了，不管结果如何，都要给自己一个微笑。从幼儿园到小学、中学，老师对你的评价都是很高的，夸你是一个很有能力的孩子，在爸爸妈妈的眼中你也确实是这样的。所以，一定要对自己有信心，相信自己。

第四，珍惜同学之间的友谊。你们这个年龄，有了自己的择友判断能力，也都交了一些自己喜欢的好朋友。友谊是人类最纯洁的情谊，学生时代的友谊更是非常纯真。你要珍惜同学间的这种纯真的友谊，和朋友们互相帮助，互相促进，共同进步。愿你们的友谊一直维持下去，愿你们成为一辈子的朋友！这里要特意提醒你一句：友谊不是义气，是要建立在理性的基础之上的。切记！

第五，要学会自我保护。作为一个女孩子，在自尊、自爱、自强的同时，要学会保护自己，远离不良习惯，不受坏风气的影响，与正能量为伴；与他人正常交往，遇到困惑、问题时要及时主动向家人、老师求助，要相信你的家人，不要自己默默承受。

第六，做你这个年龄孩子该做的事情。你们正处在十三四岁的年龄，正处于身体生长发育高峰的青春初期，学习能力强，对一切充满好奇，对知识充满渴望。所以，一定要把握好这个时期，积极锻炼身体，身体是革命的本钱，有了好的身体，才能适应今后更加繁重的学习任务。要珍惜今天的学习时光，你们就像是小树苗，亟须吸收知识的甘露，让自己长得又高又壮，将来才能成为国家的栋梁！

妈妈还有好多好多的话要对你说，不是这几张纸所能承载的，相信我们以后还会有机会这样交流。总之，爸爸妈妈希望你健康、平安、快乐，能实现自己的理想，拥有你想要的人生！

爱你的妈妈

小红叶，慢慢绽放吧！

小红叶：

我最亲爱的女儿！

记得14年前那个绚丽多彩的秋日——霜降那一天，我们收获了人生中最珍贵的礼物，那就是你！

在这14年中，我们一直在竭尽全力，没有停歇过。我们不仅想让你身体健康，更想让你心理健康；我们不仅希望你学习优秀，更希望你快乐成长；我们不仅想要你成为专业人才，更想要你成为全面发展的人。

十四岁的你，让我们感到很知足。你充满活力、富有思想、不乏能力、做事巧妙。很多时候，你的处事能力甚至超过了我和你爸爸，我们不禁唏嘘感慨：人生得此女足矣！

特别是近几年，你陪着我和你爸爸度过了我们生命中最难捱的日子。俗话说“福无双至，祸不单行”，爸爸意外骨折，奶奶和爷爷也相继去世，我又患了乳腺癌。你虽然小小年纪，但为住院的爸爸送饭，帮病中的妈妈去银行转账、去超市买日用品，成为这个家庭重要的支柱。在此过程中，你的懂事、仁义、坚强、乐观给予了我信心与力量。我很认同“经历就是财富，磨难使人成长”这句话中的道理。我们一起面对生活的考验，你比同龄人更成熟、更果敢。感谢你，小红叶，有你相伴，在与病魔抗争的日子，我没有感到孤单。更重要的是，生命的磨难教会我们，无论何时，无论遭遇何事，永远不要放弃希望，因为有希望就有未来。

最令我欣慰的是，当我被病魔折磨得无心无力去顾及你的生活和学习的时候，你可以把自己的事安排得妥妥帖帖，让我安心、放心地进行治疗。记得我刚化疗完的第二天一早，你起床为我做了“孝心鸡蛋饼”，我说我恶心呕吐，吃不下，你说你的孝心鸡蛋饼无油无盐无刺激，吃过之后不会反胃。看着你渴望与懂事的眼神，我吃了，这是我吃过的世上最松软、最香甜、最可口的鸡蛋饼，吃了它居然没有反胃的感觉。谢谢你，小红叶，你的正能量战胜了可恶的药物反应。有什么能比有这样一个女儿而更让我自豪与骄傲的呢？

其实，妈妈心里知道，这段时间，你背负着很大的心理压力。妈妈从小培养你很多爱好与特长：声乐、中阮、笛子、素描，样样你都小有成就。取得成绩之外，这些更是调节你的心情与情绪的好方法，你把它们当成好伙伴，对它们倾诉着你的烦恼。妈妈想对你说，有什么话还可以跟亲人说、与朋友聊，我随时愿意做你的“垃圾桶”，别客气哟！

作为一个女孩子，我们一直在培养你的“三大”，即大度、大方与大气。应该说你达到了我们的预期期望，这很不错。今后，我们希望你用心做到“三气”：秀气、灵气和巧气。这不是一件容易的事，需要时间的历练、生命的打磨，但做到这些很重要，它会助你养成耐心、细致和温婉的个性，这是一名优秀的女性需要具备的素质。我深深知道，这个过程会有困难、会有挫折、会有痛苦，但我想这将是你迈向成熟乃至成功的必经阶段，这将是你人生中一项重要的功课，也是值得你付出时间和精力的一件事。这是妈妈——一名当代女性，用四十余年光阴悟出的生命真谛。有人会说，这“三气”是天生的、与生俱来的，但我想说，后天的自我塑造同样会让你有不同寻常的收获，也许你收获的不是秀气、灵气、巧气，而是优雅、精致、尊贵。无论是什么，记住，小红叶，只要你愿意并用心去努力，就会有意想不到的收获。不信的话，试试看吧！终会有那么一天，你会理解妈妈现在的良苦用心。

除了欣慰，更让我欣喜的是，你是一个有上进心的女孩，你对自己的人生有规划、有要求、有标准，无论今后你的选择是什么，当外交官、律师、记者……我都将在你的身边默默支持你！

记得我们一家的“梦回大唐西安之旅”后，你曾对我说：“妈妈，以后一放假我们就去旅行，行万里路、赏万种景、品万种人，好不好?”现在，我正式答应你，只要我们都能跑、能疯、能玩，就一起走天下、看世界。我们的旅行主题就叫“龙女猪爹虎妈的幸福旅程”，怎么样？不错吧！

最后，我要说：“小红叶，妈妈爱你！”从小到大，你无数次问，我无数次答。妈妈的爱，无条件、无保留、无期限。

小红叶，慢慢绽放吧！我相信，你定将是这个世界上独一无二的小红叶，无限的可能在等待着你，你的选择你做主！

永远爱你、支持你的爸爸妈妈

给小霖的一封信

亲爱的小霖：

你马上就要十四岁了，回想我们在一起朝夕相处的幸福的十四年，妈妈百感交集，千言万语不知从何说起。

就从生你的那个风雪交加之夜说起吧！就在 14 年前你快要出生的时候，你的姥爷突然生了重病，那时的妈妈虽然拖着沉重的身子，始终在姥爷的病床前尽孝，但也没有能挽留住他老人家的生命。姥爷的去世对妈妈来说是很大的打击，姥爷是妈妈生命中的良师益友，失去他，妈妈简直觉得失去了整个世界。由于过度悲伤，妈妈就在那个大雪纷飞的夜晚把你生了下来，让你提前来到了这个世界。遗憾的是，由于你早产病危，妈妈都没来得及看你一眼，你就被在儿研所工作的姨妈抱到了她们医院，放进了抢救用的保温箱里。就这样，你整整被抢救了十天，才度过了危险期。那段时间，家里所有的人都守在儿研所为你担心，而妈妈只能一个人孤单地躺在病床上，想着已经离去的姥爷，还有生死未卜的你，真的是难过至极！

上苍有怜悯之心，把你还给了妈妈。当妈妈第一次抱起瘦弱的你时，你那明亮的眼睛静静地望着妈妈，妈妈泪如雨下……从那时起，妈妈才知道，自己生命的重要价值。是你给了妈妈生活的勇气，是你给了妈妈新的希望。

从此以后，妈妈和你一起并肩作战，共同面对生活中所有的困难。接下来的日子并不轻松，你曾在医院里接到过三次病危通知，住过四次医院，做过两次手术。每一次望着被病痛折磨的你，妈妈都是心痛不已。记得你九岁那年，由于鼻息肉和腺样体增生在医院做手术。医生嘱咐妈妈说术后 24 小时内你会非常痛苦，让妈妈用冰块给你敷鼻子，以减轻你的痛苦。你从手术室出来，妈妈一直问你痛不痛，你不但没有说痛，反而安慰妈妈："妈妈，放心吧！我很好！"午夜你醒来，看到妈妈坐在你的病床前，便用力地挪动自己的身体，给妈妈腾出大半张床，让妈妈上床搂着你睡，还安慰妈妈说你现在完全好了，一点儿也不疼，让妈妈安心睡。你是多么懂事的孩子，真让妈妈感动。

亲爱的孩子，就是这样，我们俩肩并着肩，一起走过了太多的风风雨雨。只是不知道从什么时候起，妈妈的宝贝儿子已经长成了"大"男子汉。

你现在更懂得照顾妈妈了。每次去超市，你总会用心地挑选几样妈妈最喜欢吃的东西，还会帮妈妈拎最重的袋子回家，妈妈的宝贝儿子真的长大了、懂事了。你还会给妈妈讲冷笑话，给妈妈表演在学校学的广场舞，演唱各种各样的歌曲，妈妈的宝贝儿子长大了，可以哄妈妈开心了。还记得今年夏天的一个傍晚，家里突然进来一只蝙蝠，在家里"超低空飞行"，吓得妈妈哇哇大叫。这时，你让妈妈躲在小屋子里，自己拿着一条毛巾，满屋子去轰赶蝙蝠。那只蝙蝠大概真的是被你吓着了，乖乖地顺着开着的窗户逃了出去，望着满身都是汗水大获全胜的你，妈妈真的是十分开心，妈妈的宝贝儿子长大了，可以保护妈妈了。记得去年冬天妈妈带你去南京，参观南京大屠杀遇难同胞纪念馆时，你望着那些白骨，眼里含着泪水，坚决地说：妈妈，如果我活在那个年代，我也一定是抗日英雄！妈妈的孩子长大了，有责任感了。孩子，你点点滴滴的进步，妈妈都看在眼里、记在心里，妈妈为你的成长感到骄傲、自豪！

随着你的出生和成长，妈妈也发生了很大的变化。比如，不养儿不知父母恩，妈妈从陪伴养护你成长的过程中，深深体会到姥姥为妈妈的成长所付出的艰辛，妈妈对姥姥照顾得更加尽心了，对所有的家人也更加关心了。妈妈也深深体会到付出的快乐，这是妈妈以前未能理解的。正是你的存在使得妈妈明白了这些道理，妈妈才活得这样开心和快乐！这都是你的功劳，妈妈要好好感谢你。

都说十四岁的孩子很叛逆，可你没有。你还依然是小鸟依人的样子，你说你最大的乐事就是粘着妈妈。妈妈一点儿都不为你的青春期担心，你是妈妈乖巧听话的好孩子。你懂得心疼妈妈，你不忍心让妈妈难过。妈妈相信，有妈妈陪伴你，你一定会度过一个健康快乐、丰富多彩的青春期！

妈妈和天底下所有的妈妈一样，也会望子成龙，只是妈妈心里更在乎的是你的健康、你的快乐。妈妈首先希望你能成为一个心理和生理都健康的人。有了健康的体魄和健康的心理，才有精力和能力去面对未来生活的挑战。

妈妈希望你有完美的人格，能宽容他人、包容他人、理解他人；能自尊、自强、自爱；能有爱心，有同情心，知道感恩和回报。妈妈还希望你能规划自己的生活蓝图，并为之不断地努力。

亲爱的孩子，请记住：妈妈永远是你最好的朋友，是你最好的倾诉对象。妈妈和你没有代沟，我们之间可以顺畅地沟通一切。我们彼此依靠，一起经历风雨，一起见证成功。

妈妈祝福你永远健康快乐，也祝你有一段难忘的青春岁月。妈妈永远爱你！

爱你的妈妈

给女儿的一封信

亲爱的女儿：

你好！

我永远都记得第一次把你抱在怀里的感觉。你那么小，那么软，用黑得发亮的眼睛看着我；你哭声洪亮，健康极了，好像也饿极了，拼命地吮着自己的手指头。生你的时候是夏天，天气特别热。你爸爸不在身边，你奶奶的身体也不好，我只能一个人照顾自己，照顾你。每天晚上你都要醒好几次，那段时间，我觉得自己好累，特别想有个人能带你一天，让我好好地睡一觉。在你五个多月的时候，有一天外面刮着大风，还下着雪，天气特别冷，可是家里什么吃的都没有了，我得出去买。这样的天气肯定不能抱着你去，没有多想，我把一根绳子的一头拴在你的腰上，另一头拴在电视柜上，然后急匆匆地下楼去了。十来分钟的时间，等我回来打开门的时候，看到你爬到了门口，可能哭得太累已经睡着了，半边小脸把门口的地垫都压出了印。瞬间，我的眼泪夺眶而出。现在想起来，我都愧疚不已。

你可能不记得，你两岁多的时候，有一天我带着你去商店，你背着小手跟在我身后，好奇地看着商店里的东西，肉嘟嘟的脸蛋又白又嫩，眼睛黑白分明。你那么可爱，那么纯净，没有被这世界的尘嚣沾染半分，周围的人都被你吸引了。那一刻我觉得格外幸福，有你这样一个天使般的女儿，我是多么骄傲和自豪啊！于是我带你去了旁边的影楼，照了一组照片。现在每每翻开那本相册，心里还是满满的自豪和幸福。

在你五岁多的时候，有一次我骑着自行车载你出去，不小心摔倒了，把你的小腿摔骨折了。我不知所措，心疼极了。虽然很痛，但你一声都没有哭，还不停地安慰我说："妈妈我没事，你别难过。"你懂事、坚强、独立，即使一条腿打着石膏，在床上躺了两个多月，不能出去玩，也没有小朋友陪，你还是每天都高高兴兴的，还时常安慰我，不让我担心。

后来你上了小学，看到周围的小朋友都去报了课外班，我也给你报了数学、英语、美术，总怕你输在了起跑线上。一到周末，你总是在各种辅导班中忙碌着。现在想起来特别后悔，我该带着你去郊外的公园里，在春天里看鲜艳的桃花，坐在嫩绿的草地上看飞鸟闲云；在夏天里看飞舞的蝴蝶，下雨的日子里穿上雨鞋去踩水；在秋天里看漫山的红叶，牵着你的小手在铺满落叶的小径上漫步；在冬天里看飘落的雪花，在雪地里打个滚，再堆个小雪人。可惜，妈妈现在才想到这些。也许你会说，现在说这些还有什么用呢？是啊！时光真的是太匆忙了，明明每一秒你都能感受到它的存在，可是转眼之间一年一年就这样匆匆地流逝了。曾几何时，我还把你抱在怀里，而现在你的个子比我高了很多，你即将十四岁，也将迈入青春期。你不再像以前那样缠着我，跟我说很多话。前段时间，有一天你和同学相约出去了，那一天，我坐立不安。你爸爸说我："孩子在你跟前，你觉得孩子这也不对、那也不好，孩子一不在家你就开始想孩子，你放松点。"是啊，我太紧张了。也许有一天，你会理解我如今为何对你充满了焦虑。可是，当你明白的时候，已是时过境迁，时光不能回头重新来过，经历过的就再也不会改变。只是希望你相信，妈妈是这个世界上最爱你，也是最值得你依赖的那个人。所以，请你耐心地听完我的唠叨。如果有什么事情让你手足无措，也请你相信妈妈，告诉妈妈，我一定会帮你。

妈妈对你有几点建议：首先，从现在开始，你要对自己的人生做个规划，制订目标，好好地思考一下，将来你要做什么样的工作，想成为什么样的人。然后，朝着你的目标去努力。任何事物都有规律，人的成长也一样。人的一生在什么阶段就做什么样的事情，切不可违背了规律。学生时代就是要好好学习，切不可在学生时代荒废学业。等到要去工作的时候再去学习，为时晚矣。其次，我想告诉你，健康、干净、整洁才是青春最漂亮的纪念册，你要坚持每天锻炼身体，运动应该成为你生活的一部分，伴随你的一生。你要养成良好的卫生习惯，每天把自己收拾得干净整洁，这样的你才能更受欢迎。这也是对自己的爱护，对别人的尊重。还有，希望你能够自尊自爱，尤其是作为一个女孩子，要有自己的原则，一定要爱自己，只有自爱才会被人尊重。在这个世界上，没有任何一个人值得你去伤害自己。无论任何时候，你都要忠实于自己，不能拿自己的原则做交易。无论别人怎么对你，你都要小心地爱护自己，无论你有多么身不由己，也要学会倾听自己的心声，守护好自己。

亲爱的女儿，我和你爸爸希望你健康地成长、快乐地生活，做一个对社会有用的人。

爱你的妈妈

给女儿的一封信

亲爱的欣儿：

恰好在你十四岁的时候，你的身高标准线和妈妈的身高标准线几乎重叠了，看到你举手投足之间俨然是一个大姑娘的模样，我们十分欣慰。恰值京源学校举办“青春一封信”主题活动，我们就借此机会向你表达一些殷切的希望。

现今社会，流行于世的育儿宝典和心灵鸡汤花样颇多，但我们以为任何的育儿方法、技巧都不及父母对儿女的陪伴和言传身教重要。比如说，在你刚刚出生 62 天的寒冬，由于工作所需，襁褓之中的你就跟随我们舟车劳顿；在你三岁的时候，我们带着你参加电影电视系学生赴陕西省的实习拍摄工作，你跟着我们在面包车上度过了十几天……这十四年来，尤其是你上学以后，你几乎每天都是早出晚归，我们在一起的时间并不多，所以，在你的寒暑假里，我们宁愿放弃一些单独外出的机会，也要带上你一起远行。你虽然才十四岁，却已有了比较丰富的社会阅历。在中国的版图上，从东北的哈尔滨到西南的腾冲，从陕北的黄土高坡到闽南的红土地，除了新疆、西藏、青海、宁夏以外，其他省份的山水美景之中，都曾留下过你小小的足迹。我们就是想让你在名胜古迹中探寻历史，在纪念展馆中感悟人生，在秀美山川中陶冶情操，在风土人情中感知世界。希望你有博大胸怀，有博爱之心……欣儿，你已经行了十多万里路了，你准备什么时候读万卷书呢?

爸爸妈妈都是从事影视创作的，身在这样一个家庭，可谓“近水楼台先得月”，你从懂事起，就跟着我们看了许多国内外的经典电影。在剪辑机房，你做完作业就趴在剪辑台上看大姐姐编辑影片，大家有意无意的提问，无形之中培养了你的电影鉴赏能力。现在，每次看完电影，你总会和我们一起讨论观片感受，发表你的见解，我们希望你把这些真实的感受记录下来，希望将来你能有一本《电影鉴赏攻略》之类的观片感想笔记……欣儿，你已经看了这么多的电影，你准备什么时候动笔写作呢？

咱们家是一个上有老下有小，充满着温情的家庭，爸爸妈妈有着自己终生所爱的职业，也有良好的物质条件，所以我们更注重提高你的精神生活质量，希望你将来能应对瞬息万变的社会现状，能够在自己喜欢的工作岗位上有所建树。爸爸妈妈的经历你也都知道，我们都是在参加工作以后靠挤时间完成了高等教育，我们感谢我们曾经遭遇的逆境，我们认为人生只有不断更新知识才会有新的进步。我们理解你现阶段对数学课没有兴致的原因，也没有因为你的考试分数低而横加指责，但是，我们希望你能尽快改变自己知识不够全面的现状，希望你能尽快找到一个有效的方法解决成绩落后于他人的问题……欣儿，你准备什么时候开始实施走出学习逆境的行动呢？

我们最近常看到你的不快乐，记得有一次你说：“要是能回到幼儿园就好了，天天就是玩儿，没有学习的压力。”我们认为，玩儿，不学习，人天生就会；但做事，要认真学，不学谁也不会。人生就是要过一道道关、一个个坎儿，无论遇到什么事情，我们都要敢于去面对，勇于创造自己的幸福生活。2013 年暑假，咱们在广东休息，我们给你报了轮滑班，想让你在南方的酷暑里酣畅地流汗，想让你体验跌倒了再爬起来的滋味。从你最初抵触训练、拒绝和南方小朋友交流，到每天早上自觉起床、主动和小朋友一起参加户外活动，你好像变了一个人。后来，你能够在训练场上娴熟、优美地滑行，进步很大。你没有因为身上摔得一片青紫而唏嘘，却为结交了一群说粤语的小伙伴而快乐。欣儿，我想问你，你能够如那次一样勇于面对人生的各种困难和压力，使自己早日勇敢和坚强起来吗？

坦诚地说，在你十四年的成长过程中，你已经逐渐具备了善解人意的品格和从不狂妄的个性。我们认为，一个女孩子最难能可贵的是她身上没有“骄”“娇”二气。今后，我们想在你身上逐渐培养起自强不息的品格，我们要帮助你设定未来的人生方向，并激励你为之而努力。人不光是要找到自我的存在感、成就感，更要为实现自身的价值而不懈奋斗！

这些日子里，我们正抽时间剪辑整理你的成长录像资料，看着你从出生的第一天到最近参加学校教学排演的影像，感受着十四年来你给我们这个家庭带来的无尽欢乐。我们由衷感谢在你的成长历程中曾经帮助过你的人们。借今天京源学校举行的“青春一封信”主题活动，我们准备把记录你成长历程的录像光盘作为礼物送给你，希望你在步入青春的时候，要学会珍惜时光，懂得感恩他人，要对得起别人的信任，走好人生道路上的每一步。

世间万事都需从细节开始做起，好好努力吧，欣儿！

爱你的爸爸妈妈

青春是人生最美好的一段时间

亲爱的女儿宛辰：

你好！

在这个雪花飞舞、银装素裹的日子里，爸爸怀着十分喜悦和欣慰的心情，安静地坐在写字台前提笔给你写信。

时间过得真快，不知不觉中你来到这个世界快14年了，看着你从一个婴儿成长为一个活泼可爱又懂事的姑娘，爸爸的心里是多么高兴啊！你的每一步成长，我都历历在目；你的每一点进步，我都会为之雀跃；你的每一次淘气，我也当作一次宽慰的放松。尽管你儿时的一颦一笑尚清晰地浮现在眼前，你却像雨后春笋般长大，个头很快就要超越你妈妈了，生活中已然是爸爸妈妈的一个好伙伴和好帮手了。

亲爱的女儿，不知你是否意识到，随着童年时代的结束，你将开始人生路上又一段新的旅程，你胸前少年先锋队鲜红的领巾将被共青团闪亮的徽章所代替，而接下来你也将独自应对诸多的人生考验。

在你即将踏上人生中最精彩、最璀璨的青春之旅的时候，爸爸想对你说几句肺腑之言，希望你成为“四有”新人，做国家的栋梁，做咱们家的优秀传人。

希望你一定要有感恩之心。在人的一生中，会遇到各种各样的事情，有顺境也有逆境，有坦途也有坎坷，有欢乐也有悲伤。你要珍惜生命中一切美好的事物，要感恩每一个关爱你的家人、师长和朋友。父母操心劳神、千辛万苦把你拉扯成人，特别是你的妈妈，从生下你的那天起，为你做饭，为你洗衣，带你玩耍，带你看病。从你上幼儿园的那天起，她送你上学，接你回家，春夏秋冬，风雨无阻，从未间断过。老师们为了你的学习和成长付出了辛勤的劳动，给予了你无私的关爱，他们是你最应该尊敬的人。各位亲朋好友，在日常生活中，在你遇到困难时，都曾给过你帮助和安慰，给过许多支持和鼓励，要永远记住他们的恩情。

希望你一定要有远大志向。理想，是力量的源泉；理想，是心中的绿洲；理想，是指路的明灯。从现在起，你要树立正确的人生观，增强社会责任感，立下雄心壮志，确立远大理想。不知你是想当一名飞行员，自由翱翔在祖国的蓝天上，还是想当一名工程师，用智慧和汗水构建国家的宏伟大厦；不知你是想做一名作家，用手中笔、心中情去讴歌自然的大美和人间的大爱，亦或是要做一名企业家，去带领大家创造业绩和辉煌。不管是什么理想，都不是现成的果实，而是一颗种子，需要你去播种、去耕耘，用实际行动让它成长起来，并开花结果。只要有锲而不舍、百折不挠的精神，你的远大理想和志向就能变成现实。

希望你一定要有过硬本领。在你幼小的时候，爸爸妈妈已经尽我们所能，呵护你安全，照顾你的生活，但没有人可以照顾你一辈子。当你走上比爸爸走过的还遥远的未知的路，当你在爸爸难以想象的大千世界里创造属于你自己的生活的时候，你也注定会经历困惑和无助，肯定会遇见难以克服的障碍。那时候，你所掌握的知识，你所具备的能力，将是你唯一的力量和伙伴。所以，你现在的主要任务是好好学习，掌握更多的知识，练就过硬的本领。“少壮不努力，老大徒伤悲”“书山有路勤为径，学海无涯苦作舟”，要想有所作为，要想成就事业，要想报效祖国，要想到达理想的彼岸，就必须下苦功夫学习，发扬雷锋叔叔的“钉子精神”，刻苦钻研，持之以恒，全面提高自己的能力与素质，争做一流的好学生，争当优秀的好青年。

希望你一定要有高尚品质。常言道，“人无德不立，国无德不兴”。高尚纯洁的品质是一个人建功立业的根基。所以，你要从现在做起，从日常做起，在一点一滴中锻炼，逐步培养自己的高尚品德和情操。要尊老爱幼，先人后己，孝顺父母，敬爱师长；要处处体谅别人，多为他人着想，团结友爱，互学互助；要自强自立，热爱劳动，无私奉献；要见义勇为，拾金不昧，敢与坏人坏事做斗争；要懂礼貌，守规矩，讲诚信；要艰苦朴素，勤俭节约。

黑格尔说过，青春是生命中最美好的一段时间。在你走向青春年华之际，爸爸对你讲了以上的肺腑之言，盼望能对你有所启迪、有所帮助。

最后，衷心祝愿你一切都好，努力学习，不断进步，取得更大成绩，健康快乐成长！

爱你的爸爸

青春无悔

亲爱的儿子：

首先祝贺你，从少年步入了青年。

其实，从一年前，当毛茸茸的胡须爬上你嘴角的那一刻，妈妈已经为之“震撼”。昔日牙牙学语、蹒跚学步的你，在妈妈猝不及防之时，已经成为一名少年。妈妈在欣喜之余，也开始有些担忧——你是不是要叛逆了？但是，事情发展得很好，一切都好。一年多来，我们基本可以真诚而友好地沟通，我很欣慰，儿子，你没有大多数孩子所谓的“叛逆”。

因此，妈妈今天和你交流的第一个话题就是感恩，妈妈感恩于你！

儿子，此刻窗外雪花飞舞，北京的第一场大雪如期而至，以往喧嚣的世界暂时回归宁静。你已经早早出门，迎着风，踏着雪，去课外辅导机构补课。家里安静极了，唯一能听到的声音，就是水族箱中鱼儿嬉戏激起的波浪声。

感恩上帝，让你成为我的儿子！因为你的降生和成长，让妈妈体会到了哺育孩子的不易，因此，更加懂得了用心孝敬我的爸爸妈妈。因为有你，因为要做你的表率，所以我不断地修正自己……你，丰富了妈妈的人生，激发了妈妈不断进取的激情。感恩你，儿子！现在的你愈来愈懂道理，明是非，不断让我感知到你成长的力量，感知有儿子的满足与快乐！感恩你，儿子！从你身上，妈妈学到了很多东西——无邪、善良、真诚，因为有你，妈妈才对这些品质有了更多的思考。记得小学一年级入学的第一天，你主动举手为缺少课本的老师解难，而自己一周都要借书写作业，却毫无怨言。放学的路上，一位同学不屑地指着你悄悄地对他爸爸说："就是这个傻瓜，自愿晚些才领书！"四年级那年，你的水杯里被同学扔进几块脏兮兮的橡皮，你在不知情的情况下，喝了一天泡橡皮的水，妈妈知道了很是愤怒，而你不责不怨。六年级时，班主任老师因为父亲过世，忙乱中忘记购买每日必用的即时贴，当你提出帮老师购买时，我竟世俗地以为，你只是为了博老师的一句表扬而已，殊不知，在老师看到即时贴，感动地询问是哪位同学所为时，你竟一言不发……太多太多的回忆，妈妈为你而自豪！

第二个话题，是妈妈心中的遗憾，那就是你所经历的单亲生活。

有爸爸妈妈同时陪伴你的日子，你只享受了 4 年，当爸爸离去之后，小小的你就由妈妈一个人陪伴，这对你来说是个遗憾。妈妈虽然尽最大努力照顾你，想做个同时可以承担爸爸妈妈两个角色的好妈妈，但是，终因能力有限，还有生活与工作的压力，加之初为人母缺乏经验，让你受了很多委屈。记得你七八岁时，妈妈每周末要去学习，为了安全起见，总会把你一个人锁在家里。小小的你，甚至还不及冰箱高，却在妈妈来不及为你准备午餐时从冰箱内取出面包片、火腿肠自行解决午餐；在妈妈迟归的夜晚，不论你的眼皮如何"打架"，你都一定坚持等妈妈安全到家后，再神奇地瞬间酣然入睡。往事历历在目，如果生活可以重来，儿子，妈妈一定会让你少些遗憾！

第三个话题，是妈妈对你的祝福！

亲爱的儿子，请记住，无论你将来考上清华大学、北京大学，还是考上一所名不见经传的大学，妈妈都会始终如一地爱着你。但是，现在的学习期间，还是希望你能尽最大努力，因为在适当的时期做适当的事情，毕竟是最优的选择。虽然你现在不是最优秀的，但这并不重要，妈妈认为最重要的是，你应该让自己成为最努力的人！人生只有努力过、拼搏过，才能无憾。

相对于学习成绩，妈妈更为关心的是你的身心健康。因此，希望你多参加户外活动，拥有健康的身体；希望你多读文化典籍，沐浴心灵，拥有健康的心理。这样，你既能开开心心地学习，也能快快乐乐地成长。希望时光增长的不仅仅是你的年龄和身高，还有知识和智慧！

儿子，妈妈最后希望你继续坚守你的善良、正直、真诚，同时希望你更加勇敢、坚韧、有担当。因为人不仅仅要有良好的品质，还需要有面对挫折时的勇敢、坚韧，有遇事勇于担当的气概。

希望你在十四岁生日之际，用你有力的手，端端正正地写下：青春无悔！

永远爱你的妈妈

青春如约而至

铭铭，亲爱的儿子：

蓦然回首，发现我们的儿子在不知不觉中已经长大了，回想往事，感慨万千。今天，爸爸妈妈想把心里的话说给你听。

从出生那天起，你的小眼睛都还看不清这个多彩的世界，却已能感受到爸爸妈妈的存在，我们就惊异于你是个天才（也许天下所有的父母都跟我们的想法一样）。

你的出生给我们带来了莫大的快乐和幸福。那时候妈妈每天晚上睡不上几个小时，你只要稍微一动，妈妈就会敏感地醒来，给你换尿布、喂奶和喂水，即使再脏再累都不觉得苦。爸爸每天下班回到家，第一件事就是把你抱在怀里，轻轻晃着，而每每这时你都会张开没牙的小嘴咯咯大笑。那时的情景现在仍然历历在目，如在昨天。我们感激上天赐予我们这样一个天使一般可爱的孩子，我们也发誓要让你成为一个快乐的阳光男孩，无忧无虑地成长，让你的生活到处充满激情和阳光，把你培养成为一个有出息的人、一个对社会和国家有用的人才。

在爸爸妈妈的陪伴下，你已经快十四岁了，爸爸妈妈知道这对你意味着什么，这正是你青春期的开始，也是你走向成功的希望之旅，有许多梦想等着你去实现，许多朋友等着你去结识，你未来想过的生活也在向你招手。虽然你不曾把你远大的理想告诉爸爸妈妈，但我们深信，在你的心里，已然埋下了理想的种子，你也清楚地意识到应该怎样为自己的未来奋斗，你的未来应该是光明和多彩的。而现在你已经明白：那是一段你必须自己一个人坚定不移地走完的旅程，不管那是一条蜿蜒曲折的路，还是平直通坦的路。你要相信，无论怎样，爸爸妈妈都会永远支持你！

儿子，爸爸妈妈看着你一点一点地成长，惊喜地发现你身上有那么多的优点：你的认真、你的执着、你的坦然，你对书的喜爱和读书的认真，你对老师的尊敬、对班级的负责以及对同学的关怀……这些证明你有一种认真负责的态度，有着宽广的胸怀，这让爸爸妈妈很是欣慰。记得有人曾经说过：天空大，比天空还大的是人心。这个世界上没有能打倒你的敌人，只有自己才能打倒自己，人只有征服自己才能征服世界。爸爸妈妈相信，你是能征服自己的那个男孩。

十三四岁的年纪，青春期如约而至。在这个阶段，你心里会升起一种对异性的朦胧情感，当出现这样的情况时，爸爸妈妈会是你最好的朋友，来倾听你的烦恼，帮助你解决困惑，我们也相信，你一定会处理好这类问题。情感本身既美好又纯洁，关键是你用一种什么样的心态来对待它，不要让最美的情感成为你成长与学习的桎梏。

你还是一个比较听话、控制力很强的人，不像有些孩子有时控制不住自己，每天总想着看电视、打游戏和玩闹，你知道自己应该先做什么后做什么，知道自己应该什么时候完成作业什么时候玩，这让爸爸妈妈很欣慰。从你背上小书包上学的第一天起，我们就想着帮你养成良好的习惯，这将令你终生受益，会让你做什么事情都有始有终、取舍有度。

一位名人曾经说过："聪明是一种财富，意志是更大的财富。聪明人办小事，有志者办大事。"妈妈想把这句话送给你，希望你一定要做一个意志坚强、志向远大的人，做一个认真为理想努力奋斗的人。妈妈还希望你有一颗感恩的心，做一个有责任感的人，对家人、同学和朋友都要如此。不要把对老师的好恶作为评判对该门学科喜欢与否的标准。对喜欢的老师，要多学学他值得你喜欢的地方，对不喜欢的老师，对其所教的学科也不厌。一定不要与人为敌，不要看不起别人。人无完人，包括父母、同学、老师和朋友，所以你要试着去寻找每一个人身上的优点，你会发现原来每个人都有着别人所不具备的一些优点，如果你能多与人交流，更加豁达一些，并不断地去学习别人的优点，那么你会越来越自信，越来越快乐，会有越来越多的好朋友。爸爸妈妈也希望并愿意做你最好的朋友，我们一起生活、一起玩耍、一起交流探讨、一起成长进步，共同走向美好的未来。让我们一起共同努力，好吗？

最后，爸爸妈妈对你的建议是，一定要把握住现在良好的学习机会，不要留下太多的遗憾。在学习上，爸爸妈妈从来不想给你太多的压力，只希望你能快乐地学习，有个快乐的童年，但我们也要告诉你，现在的社会是一个日益变化的社会，是一个竞争激烈的社会，如果你希望将来做个有知识、有涵养、有品位的成功人士，从现在起就要努力、要加油！我们聪明、坚强、可爱的儿子，你所付出的努力我们都看到了。你要相信自己的努力，只要一直努力，什么都挡不住你前进的步伐。

爸爸妈妈期盼着看到你送给我们一份最好的礼物——大学录取通知书。那一天一定是我和爸爸这一生当中最开心的日子！

永远爱你的爸爸妈妈

第二章

爱的回应

首次交流

爸爸、妈妈：

你们好！

这是我十三年来给你们写的第一封信。回想这十三年，你们对我一直都呵护备至。我就像一只羽翼未丰的小鸟，在你们的关心、照顾下一天天成长，在这成长的路上，洒满了你们辛劳的汗水。

我还清楚地记得四年级时，我不知怎么特别想学弹琴，你们没有丝毫的犹豫，就给我买了一架电子琴，还找了辅导老师。为了我，你们不论刮风下雨，每天都背着琴陪我去老师家学习。刚开始，我学得很用功，每次学完回家还要练习好久才休息。但后来我对弹琴的兴趣渐渐消退了，每次你们督促一下，我才弹一会儿，最后发展到我说什么都不想去上课了。你们看到我这样，只好无奈地把琴收起来了。现在每当我看到那架电子琴，总是感到既内疚又后悔。

我知道你们对我的期望很大，希望我的学习成绩一天比一天好。还记得爸爸帮我复习功课，还记得小学时妈妈为了让我在班会上讲好一个故事，反复教我讲故事的语气、表情。每当我在学习上有所进步时，你们总是给我最真挚的祝贺，与我同乐。

这次给你们写信，我有千言万语要向你们诉说，但最想说的是，在我学习中，总有你们那深切期待的目光；在我的生活中，总充满着你们那深沉的爱！

在这里说声“谢谢”远远不够，我会用勤奋来报答你们十三年来付出的辛劳。

女儿：陶莹

听妈妈的话

亲爱的妈妈：

您好！

我是您“淘气”的孩子——刘佳熠。

自从我步入中学后，我们就时常发生冲突，这可能是因为我现在正处于青春期，情绪很不稳定的缘故吧！您能原谅我那时对您的不敬吗？妈妈，对不起，我不该那么做让您生气，我错了。

每当我犯了错误，您总是耐心地告诉我怎么做才是对的，可是我不知道为什么总不愿听您的话。可能是出于逆反心理，我总是认为自己是对的，不愿意按您的意见做。久而久之，我的成绩下滑了，考不出小学时那令人羡慕的分数了。

自从上了中学，我淘气得无法无天，您总是教育、劝导我，可我就是不听话，屡教不改，因为我心中有一股“傲气”，让我放不下架子去低头认错。

但经过初二开学前贺老师的那一次家访，我变了。那次，贺老师和您谈了许久，后来您哭着向我说了那么多我以前不知道的事：您曾经有考研究生的机会，但因为我您不得不放弃；您有一份稳定舒适的工作，但为了让我有更好的发展，操劳了大半辈子的您还要去背那么多法律法规，就为了能在北京找一个稳定的工作为我提供良好的学习环境；为了我，您和爸爸两地分居时常不能见面。听了这些，我的心被深深地触动了。开学后，我在学习上更主动了，在与人相处上，我也多为他人着想，不以自我为中心，乐于助人。不知道我这么做能不能让您心理上有一些安慰？

妈妈，我知道您是最爱我的人，我以后会听话，把逆反心理赶跑，争取在这一学期改正以往的错误，变成一个勤奋好学、诚实守信的好学生、好儿子。

最后，我还想感谢一首歌——周杰伦的《听妈妈的话》。在暑假里，我真正明白了这首歌曲的含义——小时候如果你听妈妈的话，那么你长大后会比不听话的人优秀很多。正如周杰伦在歌里唱的“小朋友你是否有很多问号，为什么别人在那看漫画，我却在学画画、对着钢琴说话……长大后我开始明白，为什么我跑得比别人快，飞得比别人高，将来大家看的都是我画的漫画，大家唱的都是我写的歌”。通过他的歌，我明白了妈妈为什么让我努力读书，如果我现在听话，长大后我就会收获很多。

妈妈，您是对我影响最深的人。有朝一日我有所成就，成了成功人士，您就是成功人士身后那位伟大的母亲！

您的儿子：刘佳熠

双倍的母爱

亲爱的老妈：

我是您的女儿周逸。其实在写这封信的时候，我有些犹豫和不安，也许是因为想说的话太多而无从下笔，也许是因为从未如此表达过自己的情感而感到羞涩。但是今天，我决定要表达出我最真挚的情感，不再隐藏心底的那一份爱。

我是一个与同龄人不大一样的孩子。很小的时候，我便失去了父爱，身边少了父亲的关怀。但是，如今的我并不像一个缺少爱的孩子，我每天都很快乐、充实，我觉得我与大家是一样的。原因只有我知道——因为我获得了双倍的母爱。从小，您一手将我带大，教我知识，教我做人，还将我送进了一所好的学校，接受好的教育。我想，仅仅用“感激”二字并不能表达出我对您的感激。与别的母爱相比，我得到的母爱似乎更加厚重、平和，因为您就像我的闺蜜一样，我有什么事情都可以对您倾诉，所以这十四年来的每一天，我都是那么阳光、快乐……

当然，在这十四年中，我们之间也发生过争执和不快，但是您从来都不会一味地责怪或打骂我，而是对我动之以情，晓之以理。在我童年的记忆中，您从来没有那些令人恐惧的责骂与粗暴的态度。您充满理性的话语时时回荡在我耳畔，为我指明了一条人生之路，引领我走向成功与光明的未来。有时候我总想：我的妈妈可真好，处处都为我着想。每当看着您疲惫不堪做家务的身影时，我心中总是涌起阵阵的酸楚与愧疚……

回忆这匆匆流过的十四年光阴，大多片段都是我在向您倾诉着心中的不满与忧郁，而您在面对我的每一刻都是那么平静、自然。难道妈妈没有烦恼吗？一定不是这样的。我知道，您只是将它隐藏了起来，不让我发现而已。多少个夜晚，在我沉沉入睡后，您悄悄地坐起身，不停地叹着气。我知道，您也会委屈、忧郁，也会沮丧、伤心，但是您从不表现出来，第二天早上又是微笑地目送我上学。小时候，我总觉得妈妈是那么高大，总觉得我的妈妈最厉害，最神通广大，对妈妈总是充满了崇敬与钦佩。但当我慢慢长大，对人生有了更深的体会后，才发现妈妈“万能”背后的辛酸与汗水。妈妈，以后无论再遇到什么，请让我和您一起分担，好吗？如今的我已经长大，告别了童年，能够与您共同承受压力和困苦了，这也应成为我的责任与义务，请让我也来做您的闺蜜，好吗？

写到这里，我的眼中已渐渐泛出了泪花。

有一句话，我从未当面对您说过。但今天，唯有它才能表达出我心中的千言万语：妈妈，我爱您！

妈妈，在以后的日子里，我要更加懂事，更努力地学习，我要更加自信、更加快乐地去热爱、享受生活。妈妈，也请让我走进您的世界，让我们彼此关爱，彼此分享，彼此承担。请您相信我，我是最棒的！妈妈，我长大了！

您的女儿：周逸

这里的爱，静悄悄……

亲爱的爸爸妈妈：

你们好！这是我第一次给最爱我的人写信。

十四年中，你们的每一个微笑，每一滴泪水，每一段故事，都使我难以忘怀。你们每一刻都用爱将我包裹得严严实实，不留一点空隙。

拿出柜子里的那几本厚厚的相册和几盘录像带，我静静地看着，静静地回想着。

录像带中有这样一段。那时我刚学会走路，一摇一摆地走在楼前的操场上，牵着妈妈的手，时不时地回过头笑着看看正在录像的爸爸。刚有一点进步，我一高兴，没看清脚下的路，“啪唧”一声摔倒在地上。我无助地叫着刚刚学会的“妈妈”，一遍又一遍。妈妈却说：“自己站起来!”没办法，我只得自己费劲地往起站，最后竟然重新站起来了！喜悦的微笑洋溢在我和你们的脸上。

每到节日放假的时候，爸爸都会带我去游乐园。这一张照片里的我在碰碰车上，那一张照片里的我在旋转木马上，另一张照片里的我又在观览车上。但是相册里怎么翻也翻不到你们的照片。相册里 99%都是我的照片，只有几张是爸爸和妈妈的照片。

打开电脑，里面的照片记载着我们从 2005 年一直到现在的生活。每年我的生日总是搞得非常隆重，又是去这儿玩，又是去那儿玩。而你们的生日因为和我的离得近，有时就和我的生日合在一起过，有时就只买一块小蛋糕，连蜡烛也不插，平平淡淡的，匆匆了事。但你们依然很快乐。

课外班的价格越来越贵，而你们在这方面出手大方，因为只要是对我有益的事情，你们都会去做。那么多钱，真的不敢想象是你们怎样辛苦挣来的。衣柜里大部分衣服都是我的，妈妈却很久没添置一件新衣服了。

我不敢继续看，不敢再往下想了，抬头一看，已是深夜11点了，月亮圆圆的，静静地挂在天上，好像你们对我的爱，静静地围绕着我，温暖着我。我不敢想象在外面为我的学习和生活打拼的你们是在怎样地辛苦工作，因为每当想起时，我总是变得那么脆弱，不争气的眼泪会从眼角簌簌地落下来。在这皎洁的月光下，我拿起早已备好的笔和纸，借着心中的感动，想用几行字形容你们对我的爱，却怎么也写不完，所以请原谅你们的儿子苍白的表达。

再过十七天，我就十四岁了。你们的爱是我前进的动力，请相信你们的儿子，我一定不会辜负你们的期望！我们永远是“吉祥三宝”。

这里的爱，静悄悄，静悄悄……

祝身体健康，扎西德勒！

永远爱你们的儿子：邢硕

献给最亲爱的父亲

有一个人
在你小的时候
他总用那温暖的怀抱抱着你
等你长大了些
他总用那健壮的臂膀将你高高举起
当你步入青春的时候
他总是将看似无情的话语扔给你
有一种爱
是那么深沉
犹如一碗中药
尽管你在心底深知它的好
品出来的却是满满的苦
宛如一杯清茶
虽不如果汁那样甜
入口还有涩涩的味儿
却能真正解决你的干渴
那个人
有一个温馨的名字——父亲
那种爱
难懂却深情——父爱

您的儿子：周新宇

献给最亲爱的母亲

有一个人
在你懵懂无知的时候
给你讲着好听的睡前故事
在你孤独无助的时候
永远静静地陪伴在你的身旁
在你遇到挫折的时候
着急上火地帮你想着对策
无论你成功与否
她永远是你坚定的支持者
有一种爱
温暖而亲切
它比父爱显得更直白
但有时依然会被误解
这爱永远对同一个人
一生一世不改变
那个人
有世界上最美的名字——母亲
那种爱
是世界上最伟大的爱——母爱

您的儿子：周新宇

那么远，这么近

我还记得我是谁，我是你们的女儿，你们的至爱。
突然间，我想起了你们，不知道为什么。
只是单纯的想念，纯粹地思念自己的爸爸妈妈。
我知道，你们现在可能在睡觉，可能在工作，
又或者，也一样在想念你们最亲爱的女儿。
这种感觉突然间变强烈，以至于一瞬间，覆灭了所有情绪。
爸爸妈妈，我想你们了。

妈妈，您去日本的那一次，是我印象最深的一次。
我住在姑姑家，大家都在陪我玩，好不热闹。
可是突然间我想到了您，
妈妈呢？妈妈您在哪儿？
我开始着急，四处寻找您的身影。
我安慰自己，或许，没多久，妈妈就会回来了。
一定是，一定是的。
当时，您去日本了，可是我忘了。
想念您的情绪在想到您的瞬间，就开始蔓延。
或许是母子连心，在那之后没多久，您就打来了电话。
您不知道，当我知道那是您的电话时，我的眼泪，流得特别凶。
妈妈，我想您了。

爸爸，还记得那次咱们两人在晚上去西单吗？
漆黑的天空和耀眼的黄色灯光让我不安。
于是我对您说，我怕。
您笑着问我，难道在我身边你还没安全感吗？
其实不是的。
我怕，并不只因为这个原因。
我怕我走丢了，就见不到你和妈妈了。
最后只剩我一个人，孤单单的，该怎么办？
我怕，怕你们丢下我。

或许你们觉得我长大了，变得喜欢一个人待着了。
把房门一关，就好像与你们隔绝。
那是因为，我知道你们在，
你们在我周围。
但是，如果你们真的不在，留我一个人在家，
我总会感到无所事事，
最后，只能一个人抱着被子沉沉睡去。
因为，在梦里，就不会是一个人了。

有的时候，晚上，突然感到孤独，
于是我抱着被子，咱们三个，
坐在一张床上聊天。
等到睡意终于上来时，才惊觉已经11点多了。
回屋，所有不安全感一扫而光。
模糊间，睡意袭来，第二天日上三竿才醒来。
发现你们不在，我便抱着被子，再次睡去。

或许你们不知道，在我写这篇文章的时候，没到第三行，就已经哭得稀里哗啦的。

眼泪不停地流下来，却不知道该写什么了。

胡乱地写，胡乱地写。
到最后，只能一个人在被子里哭到无力。
其实，我只想告诉你们，
我们的距离有时那么远，
可我们的内心会永远这么近。

女儿：金晓萌

感谢你们，带我迎来青春

亲爱的爸爸妈妈：

你们好！

这是我第一次给你们写信，我相信这会是我一生中最重要的一封信，因为它代表了我对你们的敬爱。

转眼之间，我的生命即将进入人生中最重要的一个时期：青春期。这个时期将见证我从一个懵懂孩童向一个阳光青年的转变。如今我已经走过了十三个花样的年华，但这只是人生很小的一部分而已。

其实说实话，我儿时的记忆几乎一片空白，甚至连去过哪些地方，得过哪些大病都不知道。前几天在家无事可干，我就去翻了翻曾经的照片，可我发现，对其中一大部分照片的拍摄背景我都一无所知。所以请你们原谅我几近消失的记忆。

我上小学之后，也没少给你们惹麻烦。记得二年级的时候，我连着两三天尿了裤子，是妈妈不顾工作的繁忙，到学校给我送裤子。还有一次在课外班上课，我和小伙伴玩耍时不小心被树枝打到了眼睛，您当时责备了我，但又对我悉心照料。三四年级时，您为了让我把字写得好看一点，一次次地让我重新写作业，当时的我对您心怀怨念，可现在我知道您是为了我好，才让我一次又一次地重写。五六年级时，我的语文成绩也让您操碎了心，虽然经过后来的全方面练习，成绩提升了一些，但到现在仍然不是那么理想。

如今，面临初二，面临即将到来的十四岁，我几乎没有一点准备。但我知道，人必须要经历这个时期，没有一个人可以在一夜之间顿悟，也不会有人一直生活在迷茫里，所以我一直在适应这个阶段。有时我会遇到一些不愉快的事，但并不希望让别人知道，所以我会选择把痛苦埋在心里，让时间慢慢将它们消化殆尽。有时我会和自己生闷气，并在一个没有人认识我的地方发泄出来。我不喜欢流泪，但我会流泪，想流泪时我会用我最大的能力控制住它，但一旦情绪失控，就会泣不成声。在你们眼中，我是一个活泼的、永远长不大的男孩，但我想说：我也会长大，我也有生气的权利，也会有掉头离你们而去的冲动，但我不想让它发生。几乎在所有人眼里，我都是那么乐观，那么开朗。你们会看到我阳光的一面，却很少注意我的另一面，希望你们可以理解、体谅表现出另一面的我。还有些时候，我会关上我的心，变得沉默，你们会不理解，但这只是我情绪的另外一种体现。我每天都会在学校承受巨大的学习压力，但我会压制它，除非我忍无可忍，才会肆意发泄一下。

在这里，我要对爸爸妈妈说一声“谢谢”。我不知道这声“谢谢”是否来得太迟，也不知道这一声“谢谢”能表达多少心声，但是，除了这句“谢谢”，我真的不知道该怎样表达自己由衷的感激。爸爸妈妈，你们就像引航的灯塔，为我在迷茫的大海中指明方向；你们就像默默无闻的石子，把我前进的道路铺得宽敞笔直……作为你们的孩子，我知道“万事孝为先”和“滴水之恩当涌泉相报”的道理。虽然我现在不能用“涌泉”的力量来报答你们，但我会努力做些“滴水”的回报。我知道，我也相信，水滴多了就能汇成大河。因为我深知你们对我的爱，我会永远铭记在心头，那种爱的力量是什么也无法替代的！

十四岁，是一个阶段到另一个阶段更替的转折点，是一段人生中最重要的年华。在这个属于青春的年纪，我会好好珍惜，也会好好享受。在这篇文章的最后，我要用两句话来表达我对你们的感恩：

看遍了星空，却没有发现哪颗璀星比母亲的容颜更灿烂！

踏遍了土地，却没有发现哪个地方比父亲的肩膀更坚实！

你们亲爱的孩子：梁晨

风雨依旧，情愈深

亲爱的爸爸妈妈：

你们好！

在外人面前，我是一个活泼开朗的女孩，大大咧咧，好像什么都不放在心上。但在你们面前，我便不能再装得对什么都漠不关心了，甚至显得如此敏感、感性，我总会把所有委屈和不满宣泄给你们——以哭、闹、吵、辩论等方式。这样，十四年，真的是一眨眼就过去了。我知道，我宣泄完心情平静了，你们却依然在担心我，担心我出事，担心我心里还委屈。我也知道这样对你们很不公平，其实我早就没什么事了，你们却还对我担惊受怕。但你们从没有怨言，面对我的唠叨与不耐烦，依然竭尽全力为我分忧解难。

而我这个做女儿的，想想，真的没能为你们做什么，总是那么任性，那么蛮不讲理。

十四年了，我这脾气一直改不了。我也学着忍耐，但发现，好难。希望你们允许我在叛逆之中，慢慢学习吧。

老爸，你很不会表达爱，但你又好爱我，真的好爱我。我以前真的很不理解你，你跟我开个小玩笑我都会哭，然后你就会不知所措地来跟我道歉。有一段时间我觉得在我们的相处中，你挺迷茫的。也许因为我长大了，好像一切都变了，和小时候不一样了，你一时不知如何应对。你很注重女孩子的修养、礼仪、性格和内在涵养，却有我这么一个什么都不太讲究，行事大大咧咧的女儿，但你还是很尊重我的个性。那段迷茫之后，那个宁静的“美男子”，开始和我疯和我闹，开始学会幽默地和我相处。你很理解我，吃完晚饭本应该去写作业，但我总想多看会儿电视，再休息一会儿。在妈妈不断催促时，你就会替我开脱，争取休息的时间。但在真正的礼节、道德、修养等大是大非的问题上，你很拿得准方向，对细节要求十分严格。你是很棒的顶梁柱，撑起了希望，撑起了整个家。

老妈，你很理解我，也很爱我，所以在一些问题上你会很纠结。比如我们几个同学要出去玩儿，而你一方面顾虑我的安全，另一方面想让我放松，让几个小伙伴和我一起聚聚，一起玩玩，所以你会陷入两难境地，不知如何是好。最后常常还是顾虑占了上风，便不同意我去。以前我不理解，觉得你是故意不让我们出去，但是现在想明白了，也理解你了。我去找你商量，最后达成协议：我们玩儿你也去，你跟在我们后面，能看见我们你也安心一点儿。谢谢你！你给我空间，替我着想，同时也保证了我们的安全。你是牺牲了自己的时间与自由，来保护我们。咱们俩总是打打闹闹，喜欢互开玩笑。有一次咱们两个在家闹，相互绊，结果我被你绊倒了，还把你也扯倒了，害你闪了腰，你强忍疼痛站起来，不但没有批评我，还询问我有没有事，把我慢慢扶起来。我就这样在你的呵护下，闹着、笑着、成长着。

前些日子期中考试，我没有考好，卷子发下来给您看，本以为会遭到您的批评与呵斥，没想到您只是帮我分析错因，还告诉我：“分数不重要，但你这段时间学习态度应该是不端正的，下一步能学会、能学明白，你就是最棒的。”说真的，当时我很吃惊，不，是震惊，竟然一时语塞。您能不在意分数，而是注重我是否真的学会了、掌握了学习方法，真是太难得了。谢谢您的理解，我很自豪，有一个这么体谅我的好妈妈。

十四年风风雨雨，你们陪我走，为我遮风挡雨，遮阳挡日。以后风雨依旧，我知道你们仍会在我身边。但终归有一日，我会在你们的呵护下长大，长得比你们高，比你们壮。那时候，我一定撑起这个家，让你们生活得更加幸福！

你们的女儿：侯雨彤

有一种爱无所畏惧

亲爱的爸爸妈妈：

你们好！也许你们不知道，我那颗炽热而温暖的心告诉过我：世界上唯有一种爱无所畏惧——它不在乎你的外貌是丑是美，不在乎你的性格是暴躁是温和，更不在乎你是否像他们爱你一样爱他们，它只牢固地存在于两颗心之中，那就是父母的爱。

有时候，我也会陷入迷茫——感觉你们不曾说过爱我。但真正的爱又何必用言语表达？尽可用心去感受。当每天天还未亮时，妈妈您就开始了忙碌，为的是给我做一份热乎乎的早餐；当我和同学闹别扭时，只有您能感受到我内心的凄苦和忧伤，耐心地消除我心中的阴霾；当夜幕降临，群星闪烁时，您和我虽有一墙之隔，却静静陪我直到很晚，那冰冷的墙面也无法阻挡您带给我的温暖。我何尝不知道您这些年对我的付出呢？点点滴滴的记忆恰如淅淅沥沥的雨滴敲击着我的心弦，全部聚积在我的内心深处，它们饱含的情感岂是一句“我爱您”能涵盖得完呢？

妈妈啊，您十月怀胎，含辛茹苦地哺育我长大，而我也从当年蹒跚学步的小孩子变成了如今挺拔俊俏的姑娘。您对我付出了多少爱！您的爱如那涓涓细流，慢慢流淌进我的心田。爸爸啊，您教我做人要讲诚信。您说：“诚信对于每个人来说都很重要，因为当你在人生的黑夜中迷失方向时，这种坚定的信念会引导你找到光明。”爸爸，您就像那稳重的泰山，给了我一个可以依靠的臂膀。您喜欢对我说：“你还记得小时候骑在爸爸肩上的样子吗？现在爸爸老喽！”我在记忆的长河中细细地寻找，“嗯，嗯”地点了点头，便回屋去了。也许您不曾知道，我也认真地想过昔日的画面——那些美好、快乐和幸福在漫长的时间中并没有消退。而现在的您体力早已不如从前那般，您再也背不动我了，但当年您背我时，我的微笑和您对我的爱已变成永恒。当老师讲《台阶》那节课时，我也有所感触，甚至回家后走到您的身旁，细细观察——岁月的印痕在您的脸上随处可见，丝丝皱纹爬上了您的眼角，您的神情中透露着几许沧桑，鬓角间陡然增添了缕缕白发。这些莫大的变化见证了您对我那温柔的爱。

您也曾问过我：“如果有一天，我老了，你还会养我吗？你会不会嫌弃我？”当时的我虽年少，却也感慨万千。父亲啊，如果您再问我一百遍，我也不会说出令您伤心的答案，因为我的心欺骗不了任何人。它会用那跳动着的脉搏和流淌着的血液告诉您：“会的，一定会的。”因为我知道你们的爱是永恒的，是无所畏惧的，而我对你们的爱也将会是永远的！让我们之间的爱划破天际，在绚丽的彩虹之上直到永久，永不消失！

或许，现在的我有些任性；或许，我和你们之间已有了一道深深的沟壑，不可超越；又或许，在你们眼中，我永远不曾长大，一直都是一个小孩子。但是我想对你们说：“对不起，我也会有叛逆的念头，我真的要长大了，要从一株幼苗逐渐长成参天大树了！”感谢你们，对我的理解与呵护；感谢你们，为了我而变得饱经风霜的面庞；感谢你们，一直无怨地陪伴在我身边。

感谢你们，陪我静待花蕾绽放，静等溪水缓缓流淌，静听鸟儿第一声鸣唱，陪伴我走过青葱岁月，经历了这一路的坎坷！而我愿化作清晨那第一缕唤醒你们的阳光！感谢你们，我亲爱的爸爸妈妈！

你们的女儿：罗梦瑶

给妈妈的一封信

敬爱的老于同志：

你好！

很高兴能够有这么一次机会让我们互相交流！当然这更是一次可以让我说出大实话而不被你瞪的机会！说真的，老于，这几年你养我也不容易，但是有时候，也会有一些偏激做法，不理解我。

首先，我来带你参观一座博物馆，那就是名叫“那些妈妈不知道的童年”的博物馆。听到这里，老于同志会不会心里痒痒地想知道那里有什么呢？

欢迎参观！

记得我在上学前班那会儿，奶奶家楼下有一个小乒乓球台子，我和其他小伙伴经常在那里玩。有一次，我心血来潮，爬上那台子想往下蹦。那时正是夏天，我只穿着清凉的小短裤，毫不犹豫地跳下去后，在空中停留的那一秒，我感觉到飞翔的美妙，但好景不长，“啪唧”一下就摔在了地上。我带着伤，一声不吭地独自爬上五楼回奶奶家擦药，疼得龇牙咧嘴的。但是我还是偷偷和奶奶约定好，不要告诉你。我不想告诉你是因为我幼稚地认为我在这次行动中虽然受伤但感觉到了快乐，可是你和我不一样，你有时候看事只看表面，你会说我。那时我是真怕你说我，怕你的几句责备把我的后悔和疼痛都激出来。我懂得那些话中都是疼爱和关心，我也无以反驳，所以，我选择了默不作声。而现在我告诉你，正是想让你原谅当年我的行为。

我是一个渴望被认可的孩子，特别是得到对自己极其重要的人的认可。所以，还有一件事或许老于同志你现在也不知道吧？

我在奶奶家，他们包饺子的时候我总是喜欢凑到旁边看，有一次我恳请他们教我擀饺子皮。奶奶教了我几遍，我笨手笨脚地擀出来一张方形的饺子皮，然后让她帮我包一个饺子。我炫耀地拿给每个人看，一句句“真棒”灌进我的耳朵，当时我幼小的心灵满满地充满了自豪感。但我没有留着给还未下班的你看——可能是来不及直接煮上了。后来我觉得不留给你看很对，因为在这几年里，你一直扮演一个“反派”角色，我每次用期盼的眼神看着你，拿出我用心血浇灌而成的成果等待夸奖时，你回复我的却总是那句：“什么呀，一点都不好。”并且表现出一副皱着眉头的神情。所以，我有时对你也不耐烦，不想让你看我精心做的东西，但又总是不由自主地跑到你的面前炫耀，听一顿批评。有几次我实在是忍不住了，就跑进厕所里悄悄地掉眼泪，心里想着你说的话，越想越委屈，越委屈越想哭，越想哭越想那些话。就这样循环了 5 分钟——不能待太长时间，不然你又会怀疑我在玩手机。或许现在你能明白咱家卫生间那些纸为什么有时候用得那么快了吧？当然，你有一次也向我说明，你那样说是为了不让我骄傲，想让我在满是批评声的逆境中成长，不想让我在娇生惯养中成长。虽然我现在仍然不太理解，不过我终究会理解与感谢老于同志你的用心的。也许，是因为某一次我听见你向同事悄悄地表扬我了吧，所以之后我也看开了点。当我郁闷之时，我就会回忆起某一次你在说我做得不好时，眼睛里却闪烁着鼓励的光芒。

你总是嫌我慢，说你一个急性子的人怎么会生下我这样一个做事不紧不慢的孩子。我却想跟你说，每个人都有享受慢慢做一件事或慢慢度过一段时光的权利，我有权在洗澡时享受温水滋润肌肤的感觉；我有权在写随笔时享受书写在本子上的感觉，那不叫“往本上绣字”；我有权擦脸时享受毛巾柔软的感觉和清晨初亮时的新鲜空气，那也不叫“脸比地球还大”——当然我知道你有时会把我当成朋友一样来开玩笑。

当然，我在洗袜子的时候会有些慢，那是因为我觉得洗快了不干净！好吧，我也有些理解你让我快点写作业，是想让我早睡并保护颈椎，让我早上快点洗漱是为了让我能够准时吃饭准时下楼准时到校。其实有时我也可以很快，不过我可是有权利慢悠悠的哦！我的慢也是因为我喜欢用心做一件事，喜欢认真地、精心地完成一些事吧。

老于同志，你教会了我坚强。每次在我练完跆拳道想找你哭诉一下伤痛时，你总严厉地告诉我习武之人必有伤，告诉我不要遇见困难就退缩，让我明白了什么叫百折不挠。所以有几次我和比我级别高、比我气势凶猛的人比赛也不惧怕。每次我委屈流泪后，都明白今后的生活中还会遇见坎坷，我要做的就是收起眼泪，逆风而行。

老于同志，你教会了我自尊自爱。有时你会给我讲一些社会上发生的负面事情，告诉我人要自尊，作为女生更要自爱。

老于同志，你教会了我对人有爱心。每当我听到山区贫困留守儿童的事情时，我都会同情他们，想援助他们。当我用跑步的方式换来衣物帮助他们时，你脸上满是喜悦。我知道，你得意于对我的教育是多么成功！对，你教会了我将心比心，体谅他人。

可你不知道的是，我也是一个热血少年啊，我会因为听了一首歌，心中澎湃许久。我曾经想过我要做什么职业，不过想当老师啊，作家啊，编辑啊，DJ 啊的梦想都已经随风逝去了，现在我还一直保持着想当医生的梦想。你总让我努力学习考这考那，我想我现在已经可以确定今后要走哪条路了。我想帮助、救治更多人，我说我要去援藏，你当时就跟我急了，吓了我一跳。我原本认为你会支持我，但是我忽略了我是你闺女这么简单的事。我说了我是一个热血少年，总会有一些出乎你意料的想法。不过目前还是先把援藏的事放在一边，学好知识才是关键。但是要真有那么一天，我参加了这项工作，也是下定了决心、做好了准备的。所以，趁现在我在你身边，赶紧好好对我吧！

老于同志，我喜欢你把我当朋友。在某个周末的晚上，我求你给我讲你和我爸的初遇；夏天我们坐在阳台上，一边看星星，一边吃零食，我告诉你我最近干了什么事，身边发生了什么事。有时在你的追问下，我还会告诉你我欣赏哪个男生，谁是我最好的同学，甚至在你保证不告诉不解风情的爸爸的情况下，微微红着脸悄悄地告诉你我看见谁有干净的笑容，告诉你我喜欢那个在足球场上飞奔的长腿少年，喜欢他站在阳光下微笑的画面。你笑着听我讲，然后“嘲笑”我是“外貌协会”的，再用深情的目光看着我泛着笑意的脸，说要好好珍惜这种情感，那是最纯净的，并用同样轻松的语气说起你小时候的事。星星的微光照在我们的脸上，我们的眸子都闪耀着明亮的光芒，你已42岁了，却像个少女一样和我一起聊天。夏夜的风吹过我们的脸庞，看着你飘动的发丝，深情的目光似乎暗藏着往事，那些事正汇成一条温暖的河流，藏在你心中最柔软的地方。我今后也会和你一样，珍藏它，然后和我的儿女分享。

对啊，你也曾是一个花季少女，你也有你的十四岁。

十四岁，一个新起点！在往后的生活中，我要对你更好一点，我俩一伙儿，一起抵制我爸吸烟！我有时也愧疚于以前与你的争吵，有时真的是我不对，好吧！不说这些不美好的了，我最爱的妈妈！我们一起守护那些属于我们的秘密吧！

“她是一个大眼睛的姑娘，我看过她年轻时的照片，她是那么迷人，那么清瘦，脸上是青春的笑容。她当了母亲，从此操碎了心，不再清瘦，青春的笑容也渐渐成了皱纹和雀斑。那双大眼睛还在！它注视着孩子的成长，给孩子关爱和指导。我在她的大眼睛中是一簇希望的火花！”妈妈，这是我写给你的，不错吧？

妈妈是个大美人，时光，请你善待她！

女儿：王雨瑄

双胞胎姐姐给父母的信

亲爱的爸爸妈妈：

你们好！一开始我也在纠结到底给你们哪个人写这封信，到最后还是决定写给两个人好了。

印象中，我从小到大不仅没有给你们写过一封信，甚至连坐下来好好谈心的时间都寥寥无几。对十四岁主题班会的召开需要给父母写一封信我早有耳闻，也在担心该和你们说些什么好。

步入青春期的我有了个性，很多像我这么大的孩子已不愿意任何事都让家长插手，我也一样。平常很多事，只要没有没什么特别的问题，我都一概自己解决，或者只是和妹妹私下商量一下。

随着我一天天长大，我知道你们一直试图了解我，走进我的内心世界，你们对于我记日记这一习惯比较抵触，偶尔会恼火我只记日记却什么也不同你们讲。我想告诉你们的是，因为我在长大，我的思想和生活方式已逐渐接近成年人，我希望可以有一些自己的空间，而不愿意成为一个水晶球，一切都被看透，仍受家长的管制。世上哪个父母不希望自己的孩子能出人头地？我很理解你们望子成龙的心情，所以我每天都尽力地学习各种各样的知识。在学习上你们对我的管理比较严格，大大小小的考试，如果考不好，你们就会不高兴。在你们的关注下，表面上我在努力地做一个乖小孩，任何人都认为的乖小孩，一个近乎完美的乖小孩，可我并不愿意成为这样一个循规蹈矩的乖小孩，我想拥有自己的思想。

因为这种总渴望挣脱“牢笼”的思想，导致我与你们不时发生争吵，口角连连。这应该不算青春期的叛逆，我认为这只是思想的变化带来的情绪的变化；这也应该不算是代沟，只是我们看待事物的角度不同罢了。

令我感到无可奈何的就是你们，尤其是妈妈，总喜欢关注我几年后上大学的问题。你们想让我上师范类院校，以后做老师，教书育人。这当然好，却不是我的追求，我不愿意这样过一生。我认为你们可以参与我的未来，却没有必要规划我的未来，我希望你们可以看着我向着自己的理想目标一步步走近。

因为我跟妹妹是双胞胎，所以所有事情父母都要付出双倍的心血。你们的辛苦我一直看在眼里，记在心上。为了不让我们被别的孩子落下，你们不惜花费“巨资”报课外班，买各种辅导材料，平日里我们的生活用品，在档次上也和那些独生子女所用的不相上下。在家里，我必须与妹妹和睦相处，少让你们操心，说是少让你们操心，可哪里少了？我们也曾经和你们对着干，或是不让你们省心。现在想想我们那时挺不懂事的，真的很抱歉。越长大，和你们在一起相处的时间越短，所以我也很珍惜。如果我有能力了，我会在你们还有力气走的时候带你们去所有你们想去的地方，完成所有你们在我这么大的时候未完成的心愿。

周围的一切都在变化，我找不到那个以前永远微笑的你们，你们同样也找不到以前百依百顺的我，我们的意见总是不合。有时候我甚至怕和你们说话，因为我说话的语气稍有不满，就会换来你们更为强烈的不满，因此我有时真心不愿意多说。我在学校学习一天回到家后，不想听到你们的唠叨，因为你的情绪会影响到我的心情。

我不是很想让你们成为我的知心朋友，但希望你们可以成为我的知心父母——在我需要的时候给予必要的提醒或指点，在我不需要的时候保持沉默和支持。如果是这样，我会愿意让你们更贴近我，“物极必反”就是这个意思吧。我知道你们很不容易，有些时候我会忍住了不与你们顶嘴。谁愿意吵架呢？我希望你们在说话、做事之前，也考虑一下我的感受，家长与孩子之间也需要互相尊重。

你们总奇怪为什么我平日出门不愿意让你们陪着，因为在我力所能及的范围内，在我这种年龄完全可以自己做的事，你们为何不放手让我自己来完成呢？

我可以体会到你们的良苦用心，你们总让我们吃好穿好，永远最后想到自己。你们总怕我们受一点苦，吃一点亏。《雷锋是谁家的儿子》这篇文章你们也看过吧？里面有一句话：所有的父母都希望自己的孩子遇到雷锋，更希望雷锋都是别人家的孩子。我想说的是，学校里一些别人不愿意做的事，恰好是我喜欢做的，我就去当“雷锋”，我并不认为这样会耽误我多少学习时间。

你们是爱我的，我也是爱你们的，这里面没有为什么，而是天经地义的。长大了的我不常把“妈妈我爱你”“爸爸我爱你”之类的话挂在嘴边，取而代之的是“妈妈帮我……”“爸爸我要……”，我是那个小小的索取者，却很少想到回报。我也不大懂得为什么会出现这样的“不平等”，曾经问你们为什么，你们总是说“等你们长大了就知道了”。

孩子也许只有在自己当了父母以后才能体会到父母的良苦用心。你们给予的爱是永久的，这一辈子我也报答不完。而现在我可以做到的就是好好学习，不给你们惹事，这就是对你们最好的回报。不要担心我，我可以好好照顾自己的。

时间过得很快，与你们在一起的日子会过一天比一天少，我很惭愧曾经对你们的不孝行为，长大了的我一定会慢慢懂事，不再惹你们生气。而你们也不必为我忧虑太多，只要为我加油就 OK 了，我会用实现你们所希望的一切来报答你们的。

你们的爱，永恒不变，无法用时间来测量，而我们血脉相通的亲情也永远不会变淡，我们能彼此珍惜和享受这种爱，再好不过了。

祝：工作顺利、身体健康。

女儿：冯天

双胞胎妹妹给父母的信

亲爱的爸爸妈妈：

你们好！从小到大，这还是我第一次给你们写信，不知不觉，我已经来到你们身边十四个春秋了。时间过得真快，十四年转瞬即逝，从襁褓中的婴儿出落成一个大姑娘，我从心底体会到你们养育我的不易和艰辛，所以打心眼里想对你们说声“谢谢”！

咱们家比较特殊一些，你们要带两个孩子，所付出的一切都是别人的两倍。看着你们日益渐增的白发和爬上眼角的皱纹，我才不得不承认你们真的一天天在变老。回想起孩提时我常常处在“危险”中，尤其是三四岁的时候，我对世界真的很好奇，总是提出一些幼稚的问题，干一些可笑的事，比如吃几口香皂，划燃几根火柴，现在回忆起来，是你们细致入微的看护才让我安全地度过那个时期。我从小就生活在你们的呵护与关爱中，从没有想过为什么你们舍不得吃穿却舍得满足我。在我幼小时牵着我学走路，让我在咿呀学语中认识世界、感知世界，为了我的成长，你们付出了太多太多，做女儿的一生都回报不完。我永远忘不了你们的养育之恩。

还记得小学二年级寒假，我和姐姐一起动了一次扁桃体切除手术，最痛苦的是回病房前在观察室里待着的那段时间。刚刚做完手术，旁边的姐姐正在麻醉中熟睡，而我的麻醉劲已过了，睁开眼发现自己身上插着管子，想张开嘴说话却好像变成了哑巴一般。我不停地吐，却始终无法发出声音，喉咙里的血咽不下去，只清晰地感到嗓子的疼痛。偌大的空屋子，哭也没人知道。这时我才意识到什么是无助，心里想：要是爸爸妈妈在我身边就好了。可是那时家属必须在病房等着。一直到下午 4 点多，我和姐姐才被推回病房。回到病房前，护士阿姨叮嘱我千万不要哭，那样不利于嗓子的恢复，可是回到病房看到你们的时候，我终于还是没能忍住。记忆中，那天你们整晚都没有睡，一会儿给姐姐处理吐出来的污物，一会儿给我喂冰棍，反正一直忙碌着。我还清晰地记得当时妈妈流泪的样子。其实从小到大，我可以说是医院的常客，生病住院好多次。因为照看我耽误了你们许多的工作和休息时间，不论何时想起这些，我依旧满怀深深的歉意。

小学六年是一段美好的时光，那时我不懂事，总是忽视你们无微不至的爱。我原本认为你们给的爱是我应得的，但越长大越明白，你们完全没有必要这样做。但对于你们为什么这样做，那时只有一个相对模糊的感觉，我在等待知道答案的那一天。很多时候，我也在刻意去想能为你们分担什么。我知道你们要的不多，我曾经给爸爸盖过一次被子，这样小小的举动就足以让爸爸特别感动了。于是我明白了，我给予你们一件小小的东西、我的一个小小的举动都会温暖你们的心。回过头来看，我回报给你们的爱实在是太少太少了。其实我也总想陪爸爸聊聊天，在妈妈做饭的时候问声累不累，也想大声地说声“我爱你们”，但每次话到嘴边却又咽回去了，于是就这样一次次地错过对你们表达爱的机会。

我很想表达对你们的爱，但是总也说不口，不知你们是否体会得到。有人说，自己心里有什么想法，如果不尽快表达出来，也许就错过了。我不想后悔，但总是找不到机会表达我的爱，请不要怪我。世界上有一种爱，超越了一切，它亘古不变，那就是父母的爱。你们带我来到这个世界上，仅此一种恩情我也会永远报答你们的。

现在的我，可能变了，好像从原来听话的小女孩变成了现在这样比较叛逆的我。小时候，我会把所有的事情一律汇报给你们，而现在很多事我都希望自己解决，没有告诉你们。你们可能觉得我在故意瞒着你们什么，其实不是，我只是希望爸爸妈妈不要过分为我操心。我长大了，虽然翅膀还不够硬，但希望你们会在适当的时候放手。我不希望自己变成一个永远离不开你们的孩子，事实上不管我走到哪里，都是你们的女儿。我希望有一天我能保护你们，而不是永远被你们保护着。

你们一天天变老，我一天天长大，多希望时间过得慢一点，再慢一点。你们要好好享受生活，不要有什么好东西都想着我们，给我们留着，因为我们的人生之路还好长，享受的机会多着呢。

希望妈妈以后少生点气，生气对自己的身体不好。爸爸工作别太辛苦，要多关心一下自己的身体，白天工作在外，多喝点水。

现在的我明白了，即使等我长大有了自己的生活和家庭，远走他乡，你们依然是我永远不变的依靠。“永远”这个词，我只敢用在父母身上，但我知道总有一天你们会离我而去。我只愿在有生之年能好好爱你们，感谢上天让你们做我的父母，不论我怎样回报你们，都报答不完你们对我的爱。女儿长大了，能照顾自己了，你们放心吧！

祝你们身体健康！

女儿：冯元

“女汉子” 给父母的信

我最亲爱的老爸和老妈：

你们好！其实很久以前我就想写这封信，只是一直不知道从何下笔。终于，我“狠了狠心”，写了这封信。

我马上就要十四岁了，真的很开心，因为我终于等到属于自己的花季了。你们应该也很开心吧！

小时候记得的第一件事，就是妈妈牵着我回家，进家门时我的手被门夹了一下，老爸在一旁气急败坏，把我拉到他怀里，结果进卧室的时候，我的手又被门夹了。还记得当时你们俩面红耳赤地争辩不休的场景。那个时候我第一次感受到我是你们的手中宝，直到现在这想法也一直没变过。

后来学小提琴，我总是不认真，爸爸老是教训我，可以用“伸手就打”来形容，所以我一直很怕您，直到现在也是。后来，打着打着我就变成这样子了，“女汉子”的性格是不是这样形成的？我不清楚。当我们班同学说您有多好的时候，我总想扔两个“卫生白眼球”过去。他们不知道您发脾气的时候多恐怖，可以说是“前一秒还晴空万里，下一秒就闪电暴雨”了。

但我总是跟别人说我喜欢爸爸，这不是违心的，因为我知道您一直都默默地爱着我，再说严厉也是爱嘛！每次您生气，我都会哄您，您扭着头黑着脸，我拉您的手，您就生气地把手抽走。您一生气就会喊我的大名，每次“张苔丝”一响起，我就全身一颤，嘻嘻，我老觉得我的名字太响亮了，加上您的一喊，有点吓人。所以在班里我不喜欢同学叫我大名，太恐怖了。有您这样的“严父”，就有妈妈那样的“慈母”，妈妈总是特别温和，就连发脾气的时候我也敢在旁边傻笑。我哄妈妈的时候会卖萌，那个时候才是我最温柔的时候吧。而这种温柔，只有老妈您才有享受的特权哦。要是让我用此招哄我老爸，肯定不可能，他一生气，我都不知道上哪躲着去了。

妈妈特别爱说的一句话是“原来的你只有 50 厘米长，现在都这么高了”，说完，您还会附上一个满足的微笑。是啊，都十四年了，时间就这样转瞬即逝，不留一点等待的余地。我也不知道什么时候从叫你们“爸爸妈妈”，改成了现在脱口而出的“老爸老妈”。我不是一个爱表达想法的人，也不是很爱说“我爱爸爸妈妈”。但我心里一直是爱你们的，从没有变过。妈妈总是说我不够温柔，我确实不像一般女孩子那样温柔，但我希望我可以保护你们，不让你们受伤害，这样要比我温柔好得多吧？什么都没有你们重要，不是吗？

记得我胳膊受伤住院的时候，老妈您一直在旁边陪我。您在旁边的椅子上趴着睡觉，晚上我一叫您，您马上就会睁开眼睛，帮我把床调到合适的位置。半夜我疼醒了，听到满屋子小孩都在哭，我就烦得冲您发脾气，您总是温柔地哄着我。您每天跑出医院给我买吃的，有时候回来晚些，我就以为您不要我了。嘿嘿，现在想起来好傻，您肯定不会把我扔到那里不管的，因为我一直是您的“掌上明珠”啊！虽然这个词听起来怪怪的。

周日早上去上课，回来时在楼下一抬头就看到妈妈您在窗口探着头等我回家，我别提多开心啦！我就喜欢您这样看着我。

上了初中后，我的学业压力变重，不像小学那样轻松了，您也开始“极度”操心我的学习。其实，我希望您给我一点时间，我一定会找到更好的学习方法，努力学得更好。所以你们不要着急，相信我，我会努力的。

我希望我们永远都能像现在一样每天都快快乐乐的，每天家里都充满欢声笑语，不会有争吵，这样多好啊！小时候，我最讨厌你们问我“喜欢爸爸还是妈妈”或“如果爸爸妈妈离婚了你跟谁”这种我认为无聊透顶，你们俩却听得津津有味的问题，我总是回答“都不喜欢”而得罪你们，然后你们俩跟老顽童似的列举自己的各种好处并质问我，直到我被问哭，你俩又自责地来哄我。要是现在还问我这个问题，我肯定还会哭。要知道这种问题很伤感情的，因为我很爱你们，以后别问我了！

想起一件事，你们俩不让我养宠物，后来因为我爬上泰山，你俩"赏"了我两只小仓鼠，但你俩玩仓鼠玩得比我都开心。还有一次两只小仓鼠打架，老爸惩罚它们时，愣是弹晕了其中的一只。看到那只小仓鼠缓过神来的样子，我想生气却气不起来。你俩有点太搞笑了吧？其实这是因为你们还有童心，咱们家每天都充满快乐就是因为这个！我喜欢！

现在，进入青春期的我可能会有些小小的叛逆，希望你们能原谅我，与我一起度过这段美好的岁月。

老爸老妈，我很爱你们！

你们的女儿：张苕丝

致父母的一封信

亲爱的爸爸妈妈：

你们好！

我每天都生活在阳光下，生活在你们的爱里，心里有许多的话想对你们说。

小时候，我总是会缠着你们，“爸爸，过来一下，帮我个忙……”“妈妈，过来帮我一下……”让你们帮我做这个做那个。我像一个小公主一样在你们的关心下成长着，享受着你们给予我的呵护。有时候，你们为了让我改掉懒散的习惯，有些事情就让我自己试着去完成，但是那个已经得了“公主病”的我非常不情愿，有时候甚至还去顶撞你们。可现在回忆起来，明白了虽然你们表面上是和我过不去，但是那样做都是为我好。

感谢您，爸爸！

我知道您为了让我可以过上更好的生活，到了外地去工作。不知道您在那个城市是否时常思念着我，但请您明白，我时刻都在想念着您。

自从您到外地工作后，我放学回家经常只有自己一个人，偌大的房子里显得空荡荡的。您一定不知道我心中的落寞。您要是在家该多好啊！下午放了学，一到家我就会吃到您为我做的美味佳肴。晚上写完作业，您总会再帮我进行听写练习。英语发音不标准的您总会把一个单词读出七八种读音。记得有一次，您帮我做听写练习时有一个单词“blood”，您读成了“布录的”“布的”，逗得我捧腹大笑。这时，我也会认真地教您如何更标准地发音。这是咱们之间最美好的时光啊！现在的您却无法和我天天度过欢乐时光。您知道吗？我真的很想您！您忍住了孤独，一个人在外地四处奔波，我理解您，也知道您心中的孤独。想想您每天下班回到家里，只有自己一个人，少了很多和我们一起出去爬山的机会，也少了闺女在您面前撒娇的温馨。没有了我和妈妈的陪伴，想必您在那边的生活也失去了很多的欢乐吧？没有了我们，您在那边一定多了许多烦恼吧？您渴了，需要自己去倒水；您生病了，需要自己去医院；您饿了，需要自己去做饭……想到这些，我恨不得立刻飞到您的身边去照顾您。我明白，您作为公司的一员不能随便请假回家，不论是刮风还是下雨雪，都抵挡不住您外出工作的脚步。爸，天冷了，别忘了多穿点衣服。您在家的时候经常叮嘱我天冷时要多增添一些衣物，现在我也十分牵挂您。您有咽炎的老毛病，出门在外别忘了围上围巾，每天别忘了多喝水。“儿行千里母担忧”，我离开您的时候，您为我担心，同样，您离开我时，我也为您牵肠挂肚。其实，您完全可以在家休息，但您没有，我知道您这么做都是为了我，为了我们的家。因为您知道，比起在我身边陪着我，还是努力给我更好的生活环境和经济条件更为重要！感谢您，爸爸！

辛苦了，妈妈！

由于爸爸在外地工作，您就担起了为我做饭、听写、开家长会等“重任”。平时我有一丁点感冒，您就急得不得了。那焦急的神色、温柔的慰问就如同烙印一般，深深地刻在了我的脑海中，挥之不去。每天早上天还未亮，我就发现您已悄悄地去洗漱了。六点准时起床的我，会看到您忙碌地为我做早餐的身影，有时我不由自主地想对您问候一声：“早安，妈妈！”我多次对您说：“妈妈，我的早餐不用做得那么麻烦，买几个面包，煮点牛奶就够了！”可每次您都说：“那怎么能行呢？你现在正在长身体，需要很多营养，早餐不能这样糊弄过去……”其实，我明白，您这么辛苦就是想让我得到更多的营养。可是，我更希望您有一个好身体，开心地度过每一天！这微不足道的心意，您就接受吧！

妈妈，我性格倔强，经常不听您的话，考试成绩更是一次又一次地让您寒心。是您的包容让我快乐成长，是您的鼓励使我的学习成绩渐渐有了起色。感谢您，担任了我“人生舞曲”的指挥家；感谢您，教会了我如何生活；感谢您，让我明白了如何实现人生的价值。

正因为回想起了这些事，我懂事了许多。我懂得了你们每天辛苦工作是为了什么，懂得了你们和我“过不去”的良苦用心，也懂得了你们对我的关爱永远无私、真诚。在这里，我要对你们说：“爸爸妈妈，我爱你们，你们辛苦了！”你们为了我四处奔波，你们为了我日夜操劳，你们所做的一切都是为了我。正因为知道了你们为我所做的一切，所以我将来一定“涌泉相报”，让你们成为这个世界上最幸福的父母！

祝你们身体健康！

你们的女儿：玮彤

绮丽的青春

从那年冬天我呱呱坠地，到现在我自强独立，已然过去了十四个春秋。回顾这十四年就像看一部电影，而在这电影中，每一帧都有您的身影——我的妈妈。

——题记

您一定记得，
曾经那个可爱乖巧的我吧？
依靠，服从，多么令人放心。
“我爱你，妈妈!”
孩童口中简单的话，总是如此真挚。
您也一定熟知，
现在这个即将成人的我吧？
对于我的改变，
您是否又感到了隔阂？

您可能有了疑问：
为什么曾经的真情表白，变为了现在的闭锁内心；
为什么曾经的柔软话语，却成了现在的凌厉言辞？
哦，是这样的，妈妈：
十四岁的我迎接了一位新的朋友——

她名为“青春”。

青春是多么绮丽，
我的变化便源于她的到来。
青春又是多么复杂，
再精密的仪器也探测不透我的内心。
我变得更加美丽，也变得更加躁动。
对于近日来的出言不逊，
请让我表达我的歉意。

青春是多么绮丽，
她给我拥有自由活动的权利。
我的兴趣开始遍地开花，
成绩却不知为何一落千丈。
在我挠头苦恼，无力回天之时，
却总能在身旁看到您的身影。
默默的关心，
温馨的话语，
都将成为我所有努力的动力。

青春是多么绮丽，
她让我明白我所爱和所恨的东西。
梦想开始生根发芽，
我却也在追逐中承受着痛苦。
在我满腹委屈，想要倾诉之时，
总能看到您张开的双臂。
温柔的安慰，
承诺的秘语，
都将成为我所有坚持的动力。

倘若青春是场电影，
那么有您的陪伴就精彩。
假如幕幕都有您的身影，
那我将有一个精彩的青春！

您在我的成长路上见证我的步步成功，
我却没能在意出现于您鬓角的丝丝白发。
对于这一切我多想表达我的爱与谢意，
却只剩一个“谢了”含在嘴里。
如果您看到我上锁的日记，
那里有我说不尽的对您的感情。

哦，妈妈，
恐怕这些平常的语句说不出我的真情，
哦，妈妈，
就算是千言万语也说不出我的真情！
我们之间各种的故事，
我们之间各种的经历，
我们之间各种的心事，
我们之间各种的感情，
请让我用三个字表达：
我爱您。
十四岁的我的生命里，
有了您才会有最灿烂的一笔。

您的女儿：熊思齐

第三章

言由心生

心的呼唤

——参加孩子十四岁生日班会有感

这是一个生日晚会，

这是一个属于十四岁孩子的生日晚会，

这是一个父母与孩子举杯共庆的生日晚会。

十四岁，一个金色的年龄，

十四岁，一个充满无尽幻想、无限憧憬、无限希望的年龄。

幸福的十四岁！

快乐的十四岁！

祝福你——孩子与孩子互相欢呼；

祝福你——父母向孩子亲切致意。

同龄人的祝福，加深了彼此的感情；

父母们的祝福，拉近了彼此的距离。

祝福像一缕春风，缓缓吹拂孩子的笑脸；

祝福像一股清泉，潺潺流进孩子的心田；

祝福像一盏明灯，为每个孩子指明了前进的方向；

祝福像一把刻刀，在每个孩子的生命年轮上刻下深深的印迹！

十四岁，掰着手指去数只需短短的几十秒；

十四岁，地球的脚步却走了 5110 天！

十四岁，孩子感觉到的只是重复的日出与日落；

十四岁，父母付出的却是如花的青春、满腔的心血、全部的精力！

这一刻，
两封称呼不同、内容不同、笔迹不同的信件一对一地展开了：
一封，是孩子写给父母的，一封，是父母写给孩子的；
亲爱的孩子，请你好好看看父母的信吧：
妈妈生你时的“壮烈”场面，
爸爸送你看病时的浓浓爱意；
姥姥为你挥扇祛暑时露出的慈祥，
姥爷为你弓身作“马”时流下的汗滴。
尊敬的父母，请您好好看看孩子的信吧：
顶撞父母后自己捶打自己的深深忏悔，
被父母误解后偷偷哭泣的深深委屈；
关于学习、关于生活、关于友情的种种认识，
关于未来、关于前途、关于成长的多多希冀！
这是一场身份平等的对话，这是一次化“辈”为友的熟悉；
这是心灵对心灵的呼唤，
这是亲情与亲情的传递。
父与子、母与女，彼此间本就不应该有什么代沟——
因为你我原本就靠一条血脉把生命延续；
一个十四岁，
一个四十岁，
彼此间本就不应该有什么缝隙——
因为你我压根就是你中有我、我中有你！
只可惜，我们以往过于自信这种天然的父子、母女关系，
忽视了与孩子们经常交流信息；
而孩子们，也是以“小大人”的心态，
不愿向父母透露自己的真实心语。
感谢老师，组织了这么好的一次晚会，
给我们提供了一种传情达意的契机。
只要看看那涕泪交流的父亲、母亲，

看看那声音哽咽的男孩、女孩，
就知道，如此的交流是多么必需，
如此的沟通是多么具有意义！
但愿，
父子间的交流不要有什么形式，
随时都能交心，随时都能促膝；
但愿，
母女间的恳谈不要有什么忌讳，
什么都可以谈谈，什么都可以叙叙！
同心能生真，
同心能生美，
同心能生善，
同心能生力。
孩子与父母，父母与子女，
要永远把臂膀挽在一起！
最后想对孩子们忠告两句：
珍惜你们的花样年华吧！
珍惜你们的十四岁！
只有从眼前的十四岁时开始奋发努力，
将来到了四十岁时才不会有丝毫后悔！
孩子们啊！
你们千万要珍惜、珍惜再珍惜，
努力、努力再努力！
父母们啊！
一定会为你们拼命助力、加油，永远当你们的“啦啦队”！

李晖爸爸：李景富

永远的感悟

尊敬的校领导及老师：

你们辛苦了！

我很感激你们在繁忙的工作之余，能够帮助我们家长去解决难以解决的问题——怎样去面对将要长大成人的孩子，怎样去和他们沟通、交流。同时，我也为我的孩子能在这样良好的学习环境下得到老师的关怀和教育而感到庆幸。

通过这次“迈好青春第一步”的活动，我和我的孩子受到了很大的启发。坦白地说：对于活动效果我很震惊。在搞这次活动之前，我对此很反感，认为学校真多事，为什么要搞一些没有必要的活动，不仅会给家长增加负担，而且搞完这次活动也不会产生多大的效果。但是参加完活动我的想法完全改变了，我对之前有这样的想法感到很抱歉，并深感学校举办这样的活动是很有必要的。活动之后，我和孩子的思想一下子有了很大的改变。比如，徐欣以前不论什么事情总是不愿意和我们谈，我们问到她时，迫不得已她才勉强应付几句；之前她从来不去体会做家长的不容易，不论我们为她做什么事情，她都认为是应该的。通过这次活动她改变了很多，不管什么事情都和我们交流。例如，考试的成绩不好，她能够坦然地向我们说明原因，自己找出不足，还为今后的学习做了一个规划。还有，不论班里的事情还是她和同学之间的问题，回到家之后都会和我们讨论一番，商量一下该怎样去处理……虽然这些都是点滴小事，但从中能够看出她现在比以前懂事了许多，也能够体会到我们养育她的不容易，有时还能主动帮我们做一些家务。我们真的很高兴，同时希望她在今后的学习道路上更加严格地要求自己，踏踏实实地做人做事。

通过这次活动，我也深深地体会到作为家长，不能用暴力的手段去改变她、驯服她。以前不论她说的或做的有没有道理，对与不对，我们总想让她按我们的意志去做，从未想过她现在已经长大了，也有自己的独立思考和判断，已不再是从前没主见的小学生了。现在我感受到有些事情孩子确实说得很有道理，我的态度也从火爆变得温和了许多，能够慢慢地去理解她，和她去交流，谈一谈各自的想法了。这样做，她才能够去接受、去理解父母，同时，这样做也能促使她在学习上取得进步。

最后，我希望学校在今后的教学之中，多举办一些对孩子有意义的活动，激发他们刻苦学习、勇敢拼搏的精神，真正做一个品学兼优的好学生，将来成为国家栋梁之材。

徐欣家长：杨秀芬

新年前的约会

尊敬的老师：

您好！

在新年的钟声即将敲响之际，贵校邀请家长共同探讨如何帮助将要步入青春年华的学生认识人生的价值，寻找成功的途径，使他们走好青春第一步。作为家长，我们深切感受到了学校培养人、教育人的使命感和对学生的高度负责感，为此我们深受感动。

回首过去我们对孩子的教育，往往感性高于理性，物质关爱多于精神关爱，单方说教多于亲子交流，希冀多于雕琢。但这次活动使我反思了很多，受益匪浅。

一是让我们找到了亲子间情感交流的融汇点。过去和孩子的交流习惯于我说你听，我“灌”你接，虽然道理经常讲，要求经常提，但由于缺乏情感交流，很难引起孩子的共鸣，他只是表面认可，却不能深层理解，教育效果不太好。这次信中，我们按照学校的要求，回顾了自己刚刚步入青春期时的求索、探寻和奋斗经历，讲述了当年遇到的困惑和解惑的过程，使孩子对我们有了信任感，愿意讲心里的话了，父子、母子之间的距离也缩短了。

二是使孩子更加深切地感受到了父辈的希望。我在写给女儿姚思竞的信中谈到：在你步入十四岁时，爸爸送你两件礼物，一件是国庆阅兵纪念章，它记载着祖国五十年来的辉煌成就，记载着父辈努力奋斗所取得的荣誉，希望它能激励你为祖国下个世纪的腾飞做出自己的贡献。第二件礼物是一块阅兵方队曾用过的腰表，让它时刻提醒你珍惜时间，珍惜大好年华，把握现在，赢得未来，把自己的梦想融进分分秒秒的努力之中，把自己的理想融入时间跳跃的节奏中……思竞看完信，深受感动，这些话她记得很真切，学习也变得努力认真一些了。

三是增强了孩子改正缺点、奋发向上的勇气和信心。女儿思竞由于种种原因，前一个时期学习一直不太努力，成绩十分不如人意。通过信中交流，她逐步认识了问题的症结所在，并有所改进，这也是我们始料不及的。

总之，这次活动使父母与子女之间缩短了心灵距离，对孩子有启迪、有激励、有帮助，解决了不少家庭的青春期亲子沟通问题。毫无疑问，这是一种不可多得的激励教育孩子的好形式。在此，我们由衷地感谢学校领导和各位老师举办这一活动，并将以此为契机，在教育、培养子女身上多下一些功夫，多用一些科学方法，使孩子能成为21世纪的有用之才。

姚思竞爸爸：姚　广

姚思竞妈妈：吴小玫

孩子是一本书

尊敬的学校领导、亲爱的白老师：

我是田震的母亲，请允许我这样称呼你们，这不是客套，也不是虚话，这是发自我们内心的敬称。参加完“迈好青春第一步”的主题班会之后，我们家长都想对校领导及白老师由衷地说上一句“谢谢你们”，感谢你们为我们家长和孩子架起这座沟通感情的桥梁。说实话，这次班会带给我巨大的心灵震撼，我是自始至终都含着热泪，满怀感动地听完的。

自从我大学毕业后走向社会，直至今日，随着岁月的流逝，那些使我心灵震撼的事情也已淡忘得差不多了，并且由于社会观念的改变，人们都忙于拼事业、拿文凭，忙于各种能提高生活水平、提升自我的事。渐渐地，我们的硬件设施越来越精良，人与人之间的感情却越来越淡薄。我们的孩子恰恰是出生、成长在这个年代，这种环境造就了他们聪明、有个性、敢于张扬个性的特点，也使他们形成了自大、自私等品格。

相比之下，我们青少年时期的成长环境却大不一样。我们是从小听着雷锋、邱少云、黄继光等人的故事长大的，我们的孩子如今崇拜的是球星、歌星，对我们心目中的英雄不屑一顾；我们是在广阔的自然天地里磨炼出来的，而他们却活动在电脑屋、游戏厅中。于是，很多人断定，物质的高度发达带给我们孩子的将是精神世界的相对苍白。我以为可以用我们的坎坷经历对孩子现身说法，但他们有时并不能从中体会到什么。渐渐地，父子之间、母女之间的共同语言越来越少，代沟也就越来越深，越来越宽，我甚至以为它已经不可逾越了。孩子们认为家长难以理解，而家长们以为孩子们不可理喻。家长、孩子都倍感苦恼。而这次班会让我了解了他们这一代人，了解了我们的孩子。他们的内心其实依旧是一片蓝天，是一池清水，那么清澈纯净。原来他们是那么好懂，只是我们没有好好地翻一翻、读一读“孩子”这本内容丰富的书。原来他们也明白父母的含辛茹苦和望子成龙，他们也都在很努力地达到父母期望的目标，他们真的很懂事，他们真的好可爱！

总之，我认为这次用心良苦的主题班会已经成功地达到了它的预期目的。虽然班会结束已多日，但孩子们那稚嫩未脱的声音依旧在我耳边回荡，班会上那感人肺腑的情景至今历历在目。我想，我的孩子也会将 12 月 9 日这天的主题班会记录在他们成长的经历中，烙在他们的记忆中，因为它实在是太令人难忘了，这就是这次班会的成功之处。

另外，还有一个题外话，就是主持班会的小主持人孙冉同学给我留下了极深的印象：那是一个小巧可人的女孩，她的举止言谈中展示出一种大气、向上的精神风格，希望这风格也是班级风格、学校风格。顺便请白老师代我向她表示祝贺、祝福——祝贺她成功地主持了这次班会，也祝福她能够走向她的成功之路。

最后，我还要祝学校的所有老师们健康快乐，祝这块育人的沃土上结出累累硕果！

田震家长

“迈好青春第一步” 随笔

像以往开家长会一样，我一开始对这次班会并没有过多想法，但是这次会议的主题却吸引了我，而参加后，我更被这次成功的班会深深感动了。

在我的眼里，初二的学生还都是幼稚孩子，可是会议进入正题后，那一声声童音，一句句发自孩子们心底的话语，使我震惊：这是我们的孩子吗？说句心里话，近一年来我对孩子的变化感到非常头痛：她懒散，做事情不认真，自尊心很强，又特别敏感。我看到她这样后，十分心急，却不知怎样改变她，只有恨铁不成钢地乱发脾气。遇事我完全不征求她的意见，事事替她着想却很少考虑她的感受，而她不知从什么时候起，逆反心理变得特别强。怎么办？我自问，却难求得一个满意的答案，总觉得现在的孩子太不理解人了。

这次会上，孩子的话语感动了我。泪水模糊了我的视线，那是激动、后悔、高兴的眼泪，我真的感谢学校给了孩子们这次机会，也让孩子们教育了我。我真的很后悔，以前只是站在自己的立场去说孩子，很少听她的心里话和她的解释。我从未意识到，我眼的孩子已经悄悄长大了，懂事了。当孩子向我说出那句“妈妈，感谢您养育了我十四年”时，我真的感动极了，付出的十几年的心血，十几年的劳累，一下子都值了。我对女儿也有了更多了解，我们之间的关系得到了改善，我们约定从今天做起，从现在做起，从自己做起，坚决改正自己的坏毛病。现在我们都在努力着，而且都做得比较好。可是要想继续巩固，还需要把各方面都做好。

现在都是一家一个孩子，生活条件、环境比起我们儿时要好不知多少倍，但要想教育好他们，却要难得多。有些孩子的问题是过于优越的物质条件造成的，这就要求我们家长和学校要下大功夫、大力气，互相帮助，及时沟通，从思想、道德品质方面教育他们，使他们成为全面发展的人。我还有一个小建议，我觉得现在很多孩子依赖性太强，自主性差，能否在一定条件下，给他们这方面的锻炼机会呢？

再一次感谢老师们，你们为孩子付出了比父母还多的心血，你们的辛勤必将奏响21世纪的教育凯歌。

家长：魏金风

关于“迈好青春第一步”主题班会的几点想法

尊敬的老师：

贵校组织的“迈好青春第一步”主题班活动很好，作为学生的家长，我们通过这次活动感受到学校在教育方面的独具匠心之处。我们虽然也是从这一年龄段过来的，但是现在的孩子所处的环境与我们当时的环境差别太大了。我们总是感到与孩子越来越难以沟通，这次活动给了我们了解孩子、沟通彼此的机会，给了我们太多的启示。

一是让我们了解了进入青春期孩子的生理、心理的综合变化，可以有针对性地对孩子进行教育。学校“家长学校”举办的一些讲座，对孩子进入青春期的变化进行了系统的讲解，使我们幡然醒悟：孩子已经开始长大了，我们之间应该平等对话了。小时候，我们也曾抱怨家长不理解我们，不理解我们的理想和抱负，现在不知不觉间自己的孩子也到了我们当年的年龄。那时总是认为家长不能平等地对待自己，现在的孩子也是一样，常常抱怨家长不理解他们。我们毕竟普遍比父辈的文化程度高，在教育方面不应再走父辈的老路了。通过家长、孩子互相写信，我们明白了平时教育孩子，应注意用道理、用事实说服孩子，对于孩子的理想也应耐心地引导，要让他懂得打好现在的基础才能实现远大的理想。我想，家长与孩子在谈论理想、社会、道德等问题时，应该放弃简单粗暴的说教方式，而应像朋友一样去交流，循循善诱，引导孩子树立远大的理想，学会处世的方法。

二是让我们明白了要重视培养孩子积极的人生观和豁达的生活态度。

这次活动，使我们与孩子之间的沟通加深了，也了解到孩子身上必须及时改正的缺点是有时不豁达，也不太乐观。于是，此后我们便有意识地引导孩子培养积极的人生观和豁达的生活态度。我可以举两个例子来说明：一个是孩子学习不错，晚上经常有同学或同事的孩子打电话向她请教习题，有时晚上作业多，她在回话时，常常不耐烦，有时甚至态度恶劣。电话挂断后，我们就对她刚才的做法进行剖析，对她说对方打电话问题是因为相信你，把你当朋友看，你这样做却不是朋友应有的态度，会使对方自尊心受到伤害。通过帮助，她知道了自己的做法不对，就会回电话表示歉意。现在不管是谁打电话问题，她都能耐心解答。第二个例子是有一次她说她看到一篇文章，文章写的是一个学生的作品在市里获奖后，学校组织演讲比赛，老师匆忙中没有征得这名学生的同意，就拿这篇文章让另外一名学生参赛，结果后者的演讲获得了极大的成功，而写文章的学生想不开，就找老师大吵大闹，任老师怎么解释都不行。我们听了，就假设这件事的主人公是她，问她怎样处理，并帮助她分析其中的道理，使她逐步理解了应该把自己融于集体，融于社会，人生的价值才能更好地实现的道理。应该说这种平等对话的教育方法，得益于这次活动。

三是我们认为这种亲子双向教育活动应该经常举行。现在的孩子多是独生子女，这些孩子具有独特的个性，而对独生子女的教育也应具有独特性。所以，亲子间经常沟通，有利于学生身心健康发展，有益于把学生培养成为对社会有用的人才。再次感谢学校老师们组织了这次意义深远的活动。

张茜家长：张城连　郑丽琴

“十四岁” 带给我们的

老师：

您好！

通过参加你们班的“迈好青春第一步”主题班会，我们发现我们的孩子陈晓晨好像一夜之间懂事了许多……参加主题班会回来时她异常兴奋，表现出从未有过的样子，我们做父母的深信这次活动对她、对我们的触动都很大。她最近的一些举动，更是让我们对此深信不疑。首先她在对待学习的态度上，较以往端正了许多。以前她晚上 9 点一过就已准备上床休息，而今总是告诉我们：你们先睡吧！我再学一会儿。常常是学到 10 点以后才去睡觉。第二天清晨起床后，她有时也会看会儿书，甚至星期天也一改过去懒散的样子，把学习时间安排得满满的。今昔对比，真是判若两人！

她的这些可喜变化，应该归功于这次主题班会的成功举办。而班会所产生的作用和影响要远远超过我们的预想。像这样能加强师生之间、同学之间和家长之间情感交流的活动，确实能够激发起同学们的学习热忱，起到意想不到的教育效果，值得认真总结和推广！

陈晓晨家长：陈文平　李淑兰

我们的孩子十四岁

“祝你生日快乐，祝你生日快乐……”在这动听的歌声中，四十八名同学点起了四十八支生日蜡烛，四十八朵烛光象征着四十八颗跳动的心，在庄重而又不失欢乐的气氛中，孩子们快乐地庆祝自己十四岁生日的到来。这就是京源学校初二（5）班四十八名同学和他们的家长、老师及校领导共同参加的“感念恩情，同塑青春”十四岁集体生日班会的闭幕曲。也就是说，从这时起，同学们将进入一个朝气蓬勃、富有活力、具有挑战的年龄阶段——青春期 。

不知是谁的创意，举办了这样一次别开生面、令人难以忘怀的主题班会，让这些少男少女们在人生的分界点上留下了刻骨铭心的记忆。在这里，我们作为父母，由衷地感谢学校的领导和老师们，是你们给了父母和孩子交流情感的机会。同时，此举也使这些孩子明白自己已经长大了，该懂事了，激发了他们奋发向上的精神和勇于面对社会的责任感。

班会结束了，但留给孩子们的那些美好的东西没有散。我的孩子韩嵩回到家中还兴奋不已，滔滔不绝地描述着生日班会的情景：当他幼时的照片第一个被放大并展示在同学、老师的面前时，同学们纷纷猜测照片上那可爱的小孩子是谁；他是第一个被采访并第一次在这么多同学、老师、家长、校领导和记者的镜头前做即兴发言的。当他讲到读家长信时许多同学都哭了的时候，表情是那么庄重而富有感情，那是这么多年来我们不曾见到过的；当他讲到同学们分抢吃蛋糕的情形时，脸上又恢复了天真活泼的笑容。当我问他此时的感想时，他说了一句：该长大了。

是啊！孩子该长大了，父母十四年的养育之情，学校领导、老师们的培育之恩，应该有所回报了。从此以后，我们发现在孩子身上有了一些细微的变化，虽然点点滴滴并不十分明显，但那些变化在我们做父母的眼里，简直就是莫大的惊喜。以前，学校四点多钟放学，他要玩到六点多钟才回家。冬季里，六点时天已经很黑了，我们急得团团转他才回来。而且今天批评了他，明天他还犯，屡教不改，让我们伤透了脑筋。老师也批评过他，但收效甚微。现在呢，他的变化不需要我们去说就自然发生了，基本上每天都是五点多钟到家，而且回家会先写作业，同以前是大不一样了，让我们省了不少心。再如，以前他白天疯玩，晚上吃完饭，坐下来一写作业就犯困，如果你十多分钟不去叫他，他就趴在桌子上睡着了。现在他懂事多了，能够自觉地控制自己了，虽然也有睡着的时候，但多数时候写完作业就能主动复习功课或预习要学的课文。这次期末考试，他的成绩有所提高，被评为进步生，虽然按学习成绩排队，进步并不是很大，但对我们来说，哪怕是很小的进步、细微的变化都是可喜的。还有，在寒假期间，他还能主动帮助我们做一些家务活，刷碗、扫地都由他承包了，有时还试着做一两样简单的饭菜。奶奶生病时，他帮忙照顾奶奶，为我们减轻了一些家务方面的负担，同时，做这些对他也是一种锻炼。

班会后，我们感觉孩子在一天天长大。世间万物都有吐故纳新的规律，一代替换一代，历史才能前进，才能发展。孩子们的成长过程，融入了老师们的辛勤劳动，我们衷心地感谢他们为培养下一代而做出的不懈努力和贡献。我们向他们致敬。在此，我们也祝愿同学们好好学习，不断进步！不要辜负老师们对你们的栽培。

韩嵩家长

十四岁——新的起点

各位领导及班主任老师：

大家好！前不久，我怀着激动的心情，参加了初二（5）班主题班会活动——迈好青春第一步。这种班会我还是第一次参加，当时那种让人激动的场面，至今还不时浮现在我的眼前，使我难以忘却。会场气氛热烈庄重，参加者也都严肃而认真。我在不知不觉中也融入会场气氛之中。回想那天的情形，我最大的感受就是学校对此活动的重视，充分体现出学校的组织严密、教学有方。老师敬业、负责的精神也深深地打动了我。当我看到班主任老师为全班同学推出早已准备好的生日蛋糕，并送到大家面前时，我的心底流过一股暖流，因为这不仅仅是一份生日礼物，更是一片真诚的爱心。当学生天真可爱地交流、畅想时，我又感受到了一代青少年正在茁壮成长。

京源学校建校时间不长，但学校的规章制度、校风却令人称赞。几次家长会我都参加过，学校的各种讲座也听过，的确都是准备充分、内容充实、目的明确，我们作为家长万分感谢：你们辛苦了，辛勤的园丁，我为你们骄傲，为你们自豪。

接到学校发来的信，请家长谈谈参加主题班会得到的启示，我有三点体会。

1. 主题班会可以促进学校、家长、学生相互之间的沟通和了解，从而做好对青春期青少年的思想教育工作。

2. 学校对学生教育是有针对性的，是从德智体美各个方面进行教育的，是非常务实的。

3. 参与主题班会活动可以锻炼学生的组织能力，使学生开阔视野，陶冶情操，激发热情，充满奋进的动力。

在将要跨入21世纪之际，为了孩子的明天更美好，我们家长要与学校密切配合，教育孩子迈好青春第一步，以正确的人生观、世界观教育人，以艰苦奋斗、崇尚科学、自强不息的精神面貌引导人，力争把孩子培养成德、智、体、美全面发展的好学生，成为祖国的栋梁。新年的钟声就要敲响，愿京源学校在新的一年里更上一层楼。

刘婷家长：刘志刚

十四岁——奏响青春的序曲

孩子们的“绘满青春”主题班会活动结束了，这次活动中我们感觉到了孩子们自我意识的觉醒，他们渐渐地开始以主人翁的角色参与其中。

在活动筹备工作中，女儿辰辰在接受了班主任郑老师交待的设计活动场地大门的任务后，充分发挥自己的想象力，一次次尝试、一次次修正、一次次完善，那份上进心与执着的态度，着实令人感动。那几天，家里的客厅好像成了她的工作室。深夜，她还在画，想劝她歇会儿都不管用。说实话，作为家长，我们被孩子的这股迸发着青春热情的力量感染着、带动着，也体验、分享着这份快乐。

仔细端详着孩子亲手为我们绘制的漫画，感到的不仅仅是孩子对父母爱的表达，还有孩子超越自我的勇气，她在用心和我们说话；读着孩子给我们的信，那充满感恩又夹杂着一丝丝愧疚的话语，像是涓涓细流滋润着我们的心房。我们被深深地打动了。14 年的辛劳与付出，都显得微不足道了。我们感到孩子不仅个子长高了，心理上也越发成熟了。这种双向的理解和心灵的沟通，在孩子即将步入青春期时显得多么珍贵！在孩子今后的成长中，也许我们可以以此找到更有效的沟通方式。

孩子是上天赐给父母的礼物，每个父母都爱自己的孩子，关注孩子的成长。但是要想让双方敞开心扉，心灵产生共鸣，爱得到升华，不是在家庭这个“单细胞”单位中可以轻易实现的，是“绘满青春”主题班会活动的氛围起了作用，产生了这么好的亲子交流效果。作为家长，我们体会到了教育工作者的良苦用心和负责任的态度。感谢学校的付出、老师的辛苦，你们才是让孩子放飞理想，变得自强、自信的幕后英雄！

汤辰家长

班会活动带给家长的启示

今天，我们与孩子一起度过了一个特别的生日。它虽然不是女儿的出生日，却是女儿成长过程中一个很有意义的生日，一个会影响她一生的生日。

杨抒羽母亲声泪俱下地读了给女儿的信，也说出了每位父母的心声。父母对孩子的爱是深切而真挚的，每位父母都是望子成龙、望女成凤的。通过这次生日会，我深切体会到教育孩子的方法非常重要。孩子们处在这个阶段，一般都是希望独立自主的，但是他们还不能理智地明辨是非，甚至有时候做事会很极端。这需要我们全体青春期孩子的家长，在教育孩子的过程中，不能总按我们自己的想法去强迫他们，那样往往会适得其反。我们要理解孩子，与孩子多沟通，对孩子合理的要求要尽量满足，给他们一定的时间和空间。对于孩子把握不好的事要提出我们的建议，要因势利导，引导他们沿着正确的道路前进。

当大家讨论是否应该查看孩子短信的时候，我没敢发言，因为我曾经不止一次看过孩子的短信，尽管短信内容只是同学间讨论问题，而且我看的时候孩子也没说什么。但事后我发现孩子给手机设了密码。这深深触动了我，这说明孩子还是不愿意我看她的短信，但是她不愿意直接说，只能用这种方法阻止我。

我本来想，其实父母看孩子的短信，只是想多了解孩子一些，归根到底还是为了孩子好，但是看到孩子的举动，特别是这次参会听了家长和孩子们的意见，我决定不再看孩子的短信了，给她自由的空间。

吕子宜母亲的话其实正是我想对女儿说的："我们虽然平时总是批评你，但其实你是我们的骄傲，我们以有你这样的女儿而自豪。"以前，虽然我们也是这样想的，但从没有对女儿说过，今天，我说了，我要让女儿知道，我们是爱她的，并且以她为骄傲。

今天的生日会，拉近了我们两代人的关系，让我们更加懂得如何去沟通、去互相理解，这对孩子将来的成长是大有裨益的。希望他们在未来的道路上越走越远！

马晓依母亲

涛声依旧

2009年12月15日下午，我参加了儿子所在班级召开的十四岁生日主题班会，虽然班会只开了短短的两个小时，可体现出的那种浓浓的师生情、同学情、父母与孩子间的亲情始终萦绕在我的心头。当时我几次强忍着眼眶里的泪水，生怕它在众人面前奔涌而出。

这次班会，与其说是教育了孩子，不如说教育了作为家长的我。班会自始至终围绕着“感恩”这个主题，由一个个精心编排的小环节组成，有孩子们稚嫩的舞蹈、唱歌、诗朗诵等表演，也有孩子们发自肺腑的表白，还有老师和家长对孩子们的殷切期望和孩子们对过去美好瞬间的追忆，更有孩子、家长一起畅谈对未来的向往。最后在点点烛光中，当孩子们把第一口蛋糕送到家长口中时，在座的每一位家长都感动万分。

可以看出，这次班会凝聚了班主任齐老师的全部心血，当班会的最后时刻孩子们齐声喊出“齐老师，我们爱您”的时候，我看到齐老师泪流满面，哽咽着说不出话来。当时我特别理解她的心情，作为家长，我和老师的心是相通的，在为孩子付出了无数的艰辛后，当看到孩子终于长大了、懂事了，我们会感到特别欣慰。在这里，请让我发自肺腑地对齐老师说一声：“齐老师，您辛苦了，谢谢您!”

孩子真的长大了，当他注视着我，想起我们为他所做的一切时，我看到他的眼泪哗哗地流了下来。孩子是懂事了，虽然他有时贪玩，有时惹我生气，但他本质上是个好孩子，是个重感情的好孩子，就是有时自控能力差一些。作为家长，既然生养了他，就要对他负责。孩子就像一棵小树苗，只有对他不断地浇水、施肥、打药、修剪，才能让他长成参天大树。

通过这次班会，我更觉得自己的责任重大，孩子正处于青春期，逆反心理比较强，学习任务又重，家长不能只紧盯着孩子的学习，要从生活上多关心他、爱护他、帮助他，让他顺利度过青春期，健康地成长。把他培养成一个上进、懂事、有爱心、对社会有用的人，是我最大的愿望！

肖若晨家长

感恩京源

12 月 14 号，我有幸参加了孩子的十四岁生日主题班会，孩子们发自肺腑的感言、家长们情真意切的表白一直萦绕在我的脑海。

尽管孩子已经上了初中，但我总是像一只大鸟保护小鸟似的保护着他，替他收拾书包、整理房间、收拾书桌。他若出门在外，我总是叮嘱一遍又一遍，老是担心他丢了这个、落下那个。吃饭了吗？迷路了吗？不会伤着吧？能睡得好吗……这次班会后，我终于有些放心了，原来孩子能做的事很多，孩子长大了，是该放手让他去闯一闯，学会独立面对生活了。

今年 9 月，孩子病了一场，耽误了将近一个月的学习，期中考试成绩很不理想。因我忙于工作，加上他的姥姥生病住院，就没有注意到他情绪的变化，更没有及时和老师沟通。直到刘老师打电话来，我才意识到问题的严重性。

原来，这一学期同学们选他担任班级的学习委员，这使他备受鼓舞，但也有些飘飘然起来。期中考试成绩给了他当头一棒，他懵了，总觉得自己考成这样对不起家长、对不起老师，也怕同学们嘲笑，更觉得作为学习委员学习成绩不好就是不称职。他这段时间每天闷闷不乐，上课走神，做事拖沓，成绩越来越落后。听了孩子的讲述，我和他爸爸及时安慰他、鼓励他、帮助他，更重要的是理解了他。以往我们总是以工作忙、事情多为借口，忽视了与孩子的沟通交流，没有意识到孩子在一天天长大，情感也会渐渐丰富，他们在成长的过程中需要家长及时的沟通、理解和支持。

刘老师及时地发现了他身上的优点和他取得的进步，提供机会让他展示自己优秀的一面，其他老师也都特别关注他。这一切让我很感动。孩子是幸运的，更是幸福的，他遇到了一群好老师，让他拥有了一生难以忘怀的经历。

班会后，孩子又恢复到以前的良好状态，快乐地学习，快乐地生活。学会了如何面对失败与挫折，学会了如何抹去心中阴影，寻找阳光，更重要的是，他感受到了老师、家长和同学的关爱，学会了感恩。

郭依尘家长

永远难忘那一段美好时光

2009年12月14日，在那个寒冷的冬日，我和许多家长一起参加了初二（6）班的十四岁生日主题班会。在老师和孩子们精心装扮的教室里，一群可爱的孩子安静地围坐在一起，一张张稚气的笑脸，充满期待。

下午两点半，班会正式开始，伴随着一段舞蹈，孩子们多才多艺的一面开始一一展现出来。节目中，有孩子们对14岁花季的展望，也有家长们殷切的期望。孩子们的深情朗诵、发自肺腑的感言，让家长们感受到了从未有过的心灵震撼。老师的殷切希望、谆谆教诲，依旧回荡在耳边。班会在孩子们《感恩的心》的歌声中结束了，许多家长都流下了激动的泪水。

学校对孩子们十四岁的生日会如此重视，也是希望通过这样的活动给孩子们的人生留下一幕永不忘记的场景。12月初学校的“家长学校”正式开办，主题班会也在那时就拉开了序幕。白校长给家长做了“启动一封信”的动员报告，深入浅出地阐明了此次活动的重要意义；老师布置给孩子一项任务——给自己的父母写一封信。总之，每个环节都无不显示着学校对此次活动的重视，班会上孩子们那成熟又稚气的话语、家长们深情的告白，更是此次活动完满达到了预期目的——让家长和学生找到最有效的沟通方式。

十四岁生日主题班会非常成功，让我们这些家长也备受教育和感动。感谢学校，感谢老师和同学们的辛苦和努力，我们通过此次活动明显感觉到，原来叛逆、浮躁的孩子开始一点点成熟起来，和家长的紧张关系也缓和多了。孩子们逐渐懂事了，长大了，可以去担当一些责任了。

我女儿的性格属于外柔内刚型，心中有许多梦想，但由于我管教严格，处于青春期的她经常和我发生冲突。我很苦恼，觉得和她沟通太难了，有时候碍于面子，我又肯放下身段认错，双方只能僵持着。这次学校给我们搭建了一个很好的平台，让我们把想要说的话写在纸上，通过这种方式消除了彼此间的矛盾和隔阂。重新认识这一阶段孩子的特殊心理，让我能从心底理解他们的行为和做法。孩子的可塑性很强，他们都是国家的栋梁之材，只有在一个良好的成长环境里，才能实现成才的目标，所以，感谢学校，感谢老师，感谢关心和爱护他们成长的所有人。

时光飞逝，当他们长大成人后，再翻开记忆的画册，找到这幅美好的画面，将会多么感慨和难忘啊！

李家硕家长

别样的用心，别样的感动

2011年12月15日，带着一份期待，我来到了京源学校参加女儿班级组织的“青春一封信”十四岁生日主题班会。

来到班会现场，那里给人一种温馨、快乐、幸福的感觉。教室被孩子们布置得非常好，虽然屋外寒风袭人，但教室里充溢着浓浓的暖意。我坐在一群小主持人身边，看着他们忙碌和兴奋的样子，感觉他们真是一群了不起的孩子。在和他们轻声的交流中，我了解到：那精致的宣传海报是孩子们的作品，那和主题密切相关、和谐温馨的PPT也是孩子们昼夜辛苦的成果，那代表着放飞理想的飞船是孩子们的想象与创意……

随着班会的进行，家长和孩子们一起回忆着孩子成长的点点滴滴，孩子们从小到大的变化，让所有关心他们的人都为之欣喜。孩子们也懂得了从点滴小事中感受父母的关爱，懂得了从老师的言行中汲取成长的力量，懂得了从同学的友谊中感受成长的幸福……是学校的用心搭建平台，帮助他们梳理了成长的轨迹；是班主任王老师的用心安排，帮助他们学会了感恩；是全班同学的参与，成就了这次意义非凡的活动。我想说：感谢你们别样的用心，带给家长们别样的感动！

最让人动情的是家长和孩子共读一封信的环节。还记得为了这次班会的召开，我们一家人很早就在忙碌了，我破天荒地给女儿写了一封信，女儿也神秘地告诉我，开班会的时候也会给我们一封信；这还不算，我们还要互送礼物——这还真要费一番心思呢。我把对女儿的无限期待，以写信的形式表达出来，盼望女儿健康、快乐地成长，能成为一个懂得珍惜的人，成为勇于担当、用心做事的人，成为推己及人、懂得感恩的人。同时，我还把一枚“青花瓷”书签作为礼物送给她，希望她能以书为友，读万卷书，行万里路，做一个志向高远的人！读着女儿的信，泪水时时模糊了我的双眼，这是欣喜的泪，是幸福的泪。从字里行间，我体会到女儿真的长大了！我想说：是学校的用心良苦，才让我们做家长的有了一次和孩子心灵沟通的机会，让我们与孩子的心贴得更近了！

班会过程中有许多让人难以忘怀的瞬间：坐在电脑显示屏后的小姑娘默默地为集体做贡献；那一群小主持人为背下台词不知耽误了多少睡眠；不同孩子精彩的才艺展示，让我们看到了青春的无限活力。更没想到的是，孩子们还举办了“感动班级人物”颁奖礼，入选的孩子是大家心目中的榜样，入选的老师是孩子们感恩的各科老师。这一环节不仅感动了家长，更感动了老师，同时让我们看到这群孩子有理想、有担当，更有一颗感恩的心！

白校长激动地宣读颁奖辞，班主任王老师幸福地说着“这是我不知道的设计”，家长们为孩子们的成长、为老师们的辛勤付出热烈地鼓掌喝彩！

和孩子们一起欢笑，和孩子们一起感动，一起唱响《感恩的心》《我相信》。这是一群即将翱翔蓝天的雄鹰，他们正在班主任王老师的带领下丰满着羽翼，等待起飞！

我们家长都坚信：孩子每天都在成长，都在向着他们远大的理想迈进！很庆幸他们来到了京源学校，在这里幸福地度过自己最幸福的中学时光！

难忘孩子十四岁时的一封信，难忘这一段让人感动的时光，我们都有一份期盼，期盼孩子们健康成长！

感谢学校领导和老师别样的用心，带给所有人别样的感动！

徐司羿家长

感受成长

总以为
他们是在长辈呵护下成长的一代
没想到
十四岁生日主题班会上
他们忽如一夜春风来
千朵万朵花盛开
从节目主持到才艺表演
从翱翔启程到青春信笺
从感恩的心到“感动班级人物”
从榜样的力量到师者的大爱无疆
从追逐梦想到“翱翔号”起航
他们自编自导自演自乐
绽放在人生的青春舞台

总以为
他们是不谙世事懵懂的少年
没想到
十四岁生日主题班会上

他们让家长刮目相看
令老师啧啧赞叹
妙语连珠的主持词
青春动感的歌与舞
精美绝伦的颁奖辞
技术超前的“翱翔号”
我们仿佛置身于 CCTV 直播间
置身于神舟飞船发射场
让老师和家长带着梦想
和他们一起飞翔

总以为
他们是一群长不大的孩子
没想到
十四岁生日主题班会上
他们都有一颗感恩的心
感谢父母的养育之恩
感谢师长的教导之恩
感谢同学的帮助之恩
他们语气中少了几分稚嫩
多了几分坚定
他们行为中少了几分依赖
多了几分关怀

总以为
女儿在家中这也不好那也不好
没想到
十四岁生日主题班会上

她被评选为“感动班级人物”之一
卫生委员
是她响亮的称呼
默默奉献
是她获奖的理由
她用瘦弱的身躯
履行着自己的职责
实践着自己的诺言
尊敬的白校长亲自为她颁奖
是对她最大的褒奖
这不仅是女儿的光荣
也是我们全家的荣耀

每个人都有成长的经历
回首往事
多少次
因为我的严厉吓坏了孩子
多少次
因为我的训斥伤害了孩子
感谢学校组织十四岁生日主题班会
让我们父女互通书信
进行心与心的交流
消除了彼此的误会
增进了感情和友谊
我们送给女儿的礼物
是一本成长日记
记录了她点点滴滴的足迹
女儿送给我们的礼物

是她亲手制作的花朵和自创的诗歌
这些礼物虽然看似无奇
却都包含着爱的味道
让我们深深感到
女儿已经长大了

周新宇家长：周治龙

十四岁生日主题班会感想

在孩子十四岁生日的时候，我们一起参加了“青春一封信”十四岁生日主题班会活动。班会上孩子们展示了自己编排的节目，他们的多才多艺让在座的家长连连感叹，父母们的欣慰之情溢于言表。有的家长还把孩子小时候和现在的照片通过幻灯片在班会上播放，让孩子们更深地体会到这十四年来父母对自己的养育之恩。班会上我们还和孩子们一起游戏，自己仿佛也回到了青年时期。现在想想，的确有很长时间没有陪孩子一起娱乐了，有时间真应该多陪陪孩子，与孩子多沟通沟通。

班会的重头戏是“青春一封信”，每一位孩子和家长都为彼此写了一封信。孩子和家长在读信时，都感动得泛起了泪光，有些父母和孩子激动地紧紧拥抱在一起。孩子之前告诉过我要开这个班会，但我并没有太在意，孩子却把这件事放在心上，非常重视。当我读到孩子的信时，满眼都是泪水，感觉孩子真是长大了、懂事了，不再是以前那个什么也不懂的小孩子了，我也不能再用以前的眼光看待孩子了。看完信后我还感觉到，自己和孩子已经许久没有这么深入地交流过了。我也终于明白孩子为什么把这个班会这么放在心上。进入青春期的孩子，有时不愿意主动和家长沟通，而家长因为忙于工作，也往往忽视了与孩子的心灵交流，学校的这次活动让我们重新找到了那种心心相通的默契，找回了藏于心底的那份感动。

开完这个班会，孩子也真正有所改变了，没有以往那么任性，开始变得更加懂事，做事前会先征求我的想法再去做，而我也尽量做得让孩子满意。孩子在信中提到的一些事情，有一些的确是我做得不好，所以从班会以后，我开始尽量多地和孩子交流、沟通。平时因为工作忙，我经常忽视孩子的一些想法，导致孩子有些事情不愿意和我沟通。反省自身的原因，我决定以后要多陪陪孩子，耐心听孩子所说的每一句话。感谢班主任郭老师的付出。在孩子十四岁生日之际，送上对孩子的祝福，同时希望老师们身体健康、工作顺利，希望我们初二（4）班越来越好！

王靓家长

参加班会有感

2014年12月25日下午，我应邀参加了京源学校为初二学生举办的主题班会，这是一次要求家长和孩子互动的班会，双方必须给对方写一封信，而且在班会前要互相保密。在这之前，女儿已反复强调，要我务必按时前往参加。孩子们在老师的指导下也已准备了很久。当我到达班会现场时，会场的布置真是让我眼前一亮，才十三四岁的孩子居然将会场布置得如此有味道，真是了不起！

班会开始了，随着优美的音乐，孩子们和家长纷纷上场，诗朗诵、唱歌、家长和孩子互动游戏……这些节目设计全部以感恩父母为主线，表演者泪流满面，台下的家长也感动万分。其中有一个环节是孩子与家长互相诵读给对方的信。本来读之前并未觉得有什么情感波动，但随着一封封信件被读出来，大家感受到的是孩子与家长真情的流露，这让不少孩子和家长相拥而泣。平时的那些误会、委屈，平时相互的不理解、解不开的心结，此时全部释然了。最后，孩子和父母都拥抱在一起，互相交换礼物，传递着真情。

是的，在孩子慢慢长大的过程中，家长倾注了太多的心血，孩子也很努力，但难免会出现问题，可能有些家长面对孩子不好的表现，会出现焦躁、恼怒的情绪，甚至会责罚孩子，尤其是孩子成绩不好的时候。我认为，努力为孩子创造一个优越的环境，孩子自然也懂得以优秀的成绩来回报父母。但对于孩子来说，有时候尽管一直在尽力，放弃了游戏时间、放弃了绘画时间、放弃了和同伴玩耍的时间，但成绩还是不理想，所以不知不觉中也会聚积不满的情绪，最后发展到不愿再和家长沟通，有时甚至会不听话或激烈地与家长对抗。在这样的关头，十四岁生日主题班会如久旱后的雨露般及时出现，让家长能静下心来倾听孩子的心声，孩子们也能放下叛逆，平静地感受父母的真情流露，以至于相拥而泣，终于放下对立情绪。孩子们理解了父母的辛苦，感恩父母的付出；父母也能平静地看待孩子，欣慰地看到孩子真的长大了不少、懂事了不少。

感谢学校举办了这样一个促进父母与子女心灵交流的班会；感谢老师们在孩子学习成长过程中倾注了大量心血，不只在学习上，还在孩子个性的形成、世界观、价值观的形成过程中给予了指导。班会结束回家的路上，女儿问了我一个问题："妈妈，我怎样才能体现我的人生价值?"我淡淡地说："你所做的事，能为你、家人、周围的人以及社会带来正能量，就体现了你的人生价值。"

再次感谢京源学校的领导和老师们为孩子成长而辛勤付出！让孩子在这样的学校里学习和生活，是我们的正确选择。

任宇凝家长

学会感恩

“感恩”是一种心态、一种品质、一种为人处世的艺术。我们也常常喊着“让我们常怀一颗感恩的心”的口号，而我们每个人能真正学会感恩好像就不是说说这么简单了，尤其是对这些十三四岁正值青春期的孩子来说。

12 月 25 日，初二（6）班举办了“感念恩情，同塑青春”主题班会。作为家长感受颇深。从这个班会周密的活动设计方案就可以看出孩子和老师所付出的艰辛：每一个故事，每一个节目，都经过了精心筹备；每一封孩子和家长互换的信中都饱含了发自内心的深情；精心选出的背景音乐能触动大家心中最柔软的地方。而家长与孩子的拥抱瞬间融化了所有青春期孩子心中的“叛逆之冰”，让每一个习惯于父母照顾的孩子，从此领悟到了这种可以肆意索取享用却不要任何回报的爱原来是如此伟大，是如此值得每一个孩子感恩。

这种形式的班会意义非同寻常，我真诚地希望它不只是一种形式，不要音乐一停，班会一结束，家长孩子一散，所有的体悟也随之烟消云散。我希望它能让孩子们真正从内心深处有所领悟，并把这种领悟铭刻在心上，能体会到老师、家长的用心良苦，能体会到同学之间无私的友情，懂得滴水之恩涌泉相报的真正内涵，培养自己的责任感，努力以实际行动实现自己的远大理想，为建设美好和谐的社会做出贡献。

袁一博妈妈

我要学会欣赏孩子

2014年12月29日，我参加了儿子班级举办的“青春一封信”十四岁生日主题班会，感受颇深。首先我要由衷感谢班主任郭老师的精心准备和辛勤的付出，谢谢您为家长和孩子们创造了这么好的沟通机会；也衷心地感谢初二（4）班全体可爱的孩子们，是你们的朝气、热情和追梦的信心让我再次感受到青春的气息和生活的美好；同时，我还要感谢其他热情的家长们，是你们的真诚发言触动了我，让我认识到自己教育孩子过程中的失误之处。

思绪再次回到那充满浓浓爱意的主题班会现场，小霖妈妈的一封信让我泪流满面，我感慨于每一个做妈妈的不易，但小霖妈妈的坚强和时刻对孩子充满欣赏的眼神深深感动了我，让我在会后陷入了深深的反思中。

可能是我真的错了，我犯了很多家长所犯的共同错误——不会欣赏孩子。作为一名教师，我经常把我的孩子和我教过的最优秀的学生相比较，看他哪儿哪儿都是问题，对他除了责备还是责备。即使有些地方孩子表现得很出色，我心里很高兴，但表扬的话总是很难说出口。长期如此，孩子就出现了这样或那样的问题。身为一位教育者，我会欣赏我的学生，会不放过每一个表扬学生的机会，为什么就不能好好欣赏一下自己的孩子呢?

会后，我查了许多资料，看了很多文章，内心受到了很大的触动，今后我会时刻提醒自己改变教育孩子的方式，即使那样会很难，我也要努力去尝试。

这次主题班会给我留下了很深的印象，相信在它的时刻提醒下，我一定会有所改变。教育好我的儿子是我现在最大的梦想，我要用尽全力去追梦，在实现梦想的路上努力再努力。

再次感谢老师、同学、家长们！

李绍祎家长：王海华

用爱滋养感恩的心

期盼已久的“青春一封信”十四岁生日主题班会如期而至，我怀着无比激动的心情来到学校，教室已被老师及孩子们精心地装饰一新。我被留言板上孩子们的肺腑之言所感动，更被孩子们的演唱视频所触动，眼中不自觉地流出欣慰的泪水。那一刻忽然感觉到：孩子长大了、懂事了！

感谢京源学校的提议，感谢班主任刘老师为孩子们设计了这样一次完美的十四岁生日班会，让孩子从知恩、懂恩开始，学会感恩、报恩。

现如今的孩子多数是独生子女，在家可谓是“位高权重”。家庭成员也习惯一切以孩子为中心，让孩子从小到大都是扮演被爱的角色。久而久之，很多孩子认为从家长那里得到什么都是理所当然的，从而造成他们只知道索取而不知道回报的观念，自然也不会想着去关心别人和感激他人。所以，教孩子学会感恩是一件十分重要的事情。

人们生活在这个世界上，时时接受着各种“恩情”：父母的养育之情、师长的教诲之情、爱人的关爱之情、朋友的友善之情、大自然的慷慨赐予之情……然而，对于这些恩情，有很多人似乎觉得这都是理所当然的，没有丝毫的感恩意识。这种现象在孩子身上表现得尤为突出。

这次主题班会活动提醒了为人父母的我们，要特别注意除了教孩子勤读书、有礼貌、守秩序外，也要培养孩子感恩的心。因为只有懂得感恩的人才懂得爱，而心中有爱的孩子一定是健康快乐的，所以要让孩子学会感恩，对帮助过自己的人都怀有感激之心。

教子智慧一：树立孩子的感恩意识。

只有学会感恩，我们才能明确责任；只有学会感恩，我们才能体味真情；只有学会感恩，我们才能感受幸福、享受生活。现在许多孩子缺乏感恩意识，所以我们必须对其进行感恩教育，唤醒孩子的感恩意识，让孩子学会感恩。

在生活中，很多孩子认为，接受父母给他们准备的一切都是理所当然的。而不少父母也不遗余力地爱自己的孩子，满足孩子所有的需求。但他们的付出不仅没有换来孩子的满心感激，还让孩子总觉得自己不幸福，稍有不如意，就怨天尤人。为什么会出现这种情况？主要原因是家长们忽视了培养孩子的感恩意识。

从某种意义上来说，缺乏感恩意识的孩子，无论他的能力多么出色，也难以成为真正意义上的强者，因为社会难以接受和认可不知道感恩的人。因此，父母要想把自己的孩子培养成一个强者，必须先培养他们的感恩意识。

教子智慧二：学感恩，从感谢父母开始。

在人的一生中，对自己恩情最深的莫过于父母了，是父母给予了我们生命，是父母辛劳地养育了我们。我们的成长凝结着父母的心血，所以我们要时刻牢记父母的恩情，感恩父母。记得曾经看过这样的一个故事：

那天，她跟妈妈又吵架了，一气之下，转身向外跑去。

她走了很长时间，看到前面有个面摊，那里有香喷喷、热腾腾的面条，她这才感觉到肚子饿了。可是，她摸遍身上的所有口袋，连一个硬币也没找到。

面摊的主人是一个看上去很和蔼的老婆婆，看到她站在那边，就问：“孩子，你是不是想吃面？”

“可是……可是我忘了带钱。”她有些不好意思地回答。

“没关系，我请你吃。”

很快，老婆婆端来一碗面和一碟小菜。她满怀感激，刚吃了几口，眼泪忽然就掉了下来，一滴滴落在碗里。

“你怎么了?”老婆婆关切地问。

“我没事，我只是很感激您!”她忙擦着泪水，对面摊主人说，“虽然我们不认识，但你竟对我这么好，愿意煮面给我吃。可是我跟妈妈吵了架，她竟然把我赶了出来，还叫我不要回去!”

老婆婆听了，平静地说道：“孩子，你怎么会这么想呢?你想想看，我只不过煮了一碗面给你吃，你就这么感激我，那你的妈妈煮了十多年的饭给你吃，你怎么不感激她呢?你怎么还要跟她吵架?”

女孩愣住了。

女孩匆匆吃完面，开始往家走去。当她走到家附近时，一下就看到疲惫不堪的母亲正在路口四处张望。这时，她的眼泪又开始掉了下来。

的确，我们常常会为一个陌生人的帮助而感激涕零，却忽略了父母给予我们的细小琐碎而又无微不至的关怀。

所以，教孩子学会感恩，首先要让孩子从感谢父母开始，要让孩子知道，即使是来自父母的最简单的衣食、最质朴的关怀，也都倾注了父母的辛劳和深情。这种爱是独一无二的。如此一来，孩子才能珍惜自己拥有的一切，理解并爱自己的父母。

在日常生活中，父母应该时刻创造条件启发孩子学会用感激、感恩的心态面对自己的付出，让孩子先从感恩自己开始，再学会感恩他人。比如，让孩子知道在父母为自己做事后说“谢谢”，通过这种细节让孩子懂得如何表达自己的感恩之情。

教子智慧三：父母要以身作则。

一个人是否有感恩之心，与他所处的环境、所受到的教育是密不可分的。面对一个孩子，从小培养他具有感恩的心是至关重要的，让孩子懂得感恩，是每一个家长的重要责任。

父母是孩子的第一任教师，父母的一言一行、一举一动都将对孩子产生潜移默化的影响。因此，作为父母，我们也应该常怀一颗感恩之心，尊老敬老，善待我们身边的人和事，无论是对领导还是亲戚朋友，只要他们曾经帮助过自己，都应心存感激。

在家庭生活中，父母和子女间要相互尊重、相互关爱、相互体贴，要共同承担家庭的责任和义务，相互间要多用“谢谢”“对不起”等文明语言。父母在日常生活中表现出来的这种态度和行为，会让自己的孩子耳濡目染，起到潜移默化的教育作用。

总之，通过本次班会，我们家长感觉到了孩子的成长，也重新调整了对孩子的教育方法。本次班会让作为家长的我受益匪浅！

李金塄家长

孩子，姥姥对你说

亲爱的孩子，我的外孙女，自从参加了你们十四岁生日主题班会后，姥姥心里甜滋滋的，你们长大了，懂得多了，知识面广了，懂得孝敬父母，懂得尊重他人，懂得尊师爱长……说到这里，我心里充满了感恩，首先，感恩京源学校各位老师辛勤的培养，感恩学校的教育，让你们从小就这么懂事。

我还要感谢你的母亲遭受了巨大的痛苦生下了你这个宇宙的精灵，感谢你那聪明、孝顺的爸爸为我留下你这个无比聪明、孝顺的好孩子。

你天生就是一个懂事、孝顺的孩子，记得你刚满一岁，姥姥住得离你们很远，你会在电话里含糊地告诉我："姥姥，妈妈哭，妈妈哭。"两岁时，姥爷把你高高地扛在肩膀上，你怕姥爷累，就坚决要求下来自己走。上小学一年级时，第一个学期的期末考试，你考进了班里前三名，班主任孙老师奖励你的"美国巧克力"只有一个拇指那么大，你舍不得吃，想留给姥姥（因为姥姥在外地），又经不住诱惑，就每天舔一点点。等到姥姥从外地回到北京，已经是十几天后了，虽然巧克力最后只剩下小指一半大小的一点点，但姥姥总算吃到了。在姥姥心里，那不是巧克力，那是你一颗小小的、善良和孝顺的心。

九岁那天暑假，聪明的你从广播里听到了相同的故事，猜透了姥姥为你编织的关于金碗的谎言。你更懂事了。那年，姥姥不慎将腰摔成骨折，整个夏天起不了床，是你，每天为姥姥端屎倒尿，被居委会评为"最美孝心少年"，并被上报到石景山区八角街道管委会。感谢上帝，为我关上了一扇门，又为我打开了一扇窗。

这次老师组织的十四岁生日主题班会，张笑宇的妈妈很坦率地公开了她给孩子的信，我真的很震撼。记得曾有人说过，幸福的家庭是一样的，不幸的家庭各不相同。孩子，姥姥在这里以自己的经历要告诉你的是，谁的人生都不是一帆风顺的，你要走的路还很长很长，前面的艰难困苦会很多很多。

记得有一次，你哭着问我："姥姥，单亲家庭的孩子会没出息的，老师会喜欢我吗?"在这里，姥姥要特别告诉你，单亲家庭的孩子不一定没有出息，相反很多人都是很有出息的。美国总统奥巴马就是一个单亲家庭的孩子。很受韩国人敬重的韩国女总统朴槿惠，在父母被刺杀之后，成了一个孤儿，经过无数次的跌倒和爬起，终于成为世界瞩目的大人物。京源学校小学部李校长曾经对我讲过，你们学校一个单亲家庭的女孩，在美国一家跨国公司做到高管，全公司不管美国人还是华人，都很喜欢她。所以，孩子，我们相信你，你也会有出息的，我们会给你最深的爱来支持你!

另外，姥姥想告诉你，孩子，其实，你的爸爸是很爱你的。他很聪明，爱学习，读书时曾经是武汉大学的学生会主席。他很用功，很孝顺父母，志向远大，否则，是不会从那么一个小山沟走出来的。你小时候他经常抱你，可那时你太小了，不会记得。由于家庭观念的不同，他离开了你们，这是大人之间的事情，和你一点关系都没有，他对你的爱也不会因此而改变。你如果想见他，随时可以打电话给他。

十四岁，你是青年人了，姥姥要告诉你：要自立自强，生活要自立，学习要自强。因为姥姥这代人像你们这个年纪的时候，早就担负起了家务事，那时只有自己学会做饭，才不会饿死。我当时跟着大人们下乡之后，每天挑水、劈柴、做饭，全是靠自己。所以我送给你的十四岁礼物是擦碗布、针线包、毛衣针，希望你将来能自己打理好自己的生活。你们现在的学习任务重，时间紧，但是我认为你还应该抽时间多做点家务。记得以前我曾经教过你缝布包、织围巾，还教你擀面条、做包子、包饺子，规定你每星期刷一次厕所和厨房。可是现在你总说作业多，快考试了，没时间……是的，孩子，你们太累了，你们的动手能力没有了，如果连自理能力都没有，还怎么实现远大理想呢？还记得姥姥给你讲的“一碗蛋炒饭”的故事吗？那就是在讲生存。我不要求你一定考满分，也不要求你非得考上重点大学，而是希望你将来做一个勤劳、善良的孩子，做一个对亲人、对社会有用的人，做一个有担当、有责任感的人。你将来成家之后，一定要上得厅堂，下得厨房，家庭要幸福美满，那样的话，姥姥即使在天堂也能安然地闭上双眼。

谢谢老师，给了我们这么好的交流平台。

聂能静家长

参加十四岁生日主题班会感想

蛋糕上的蜡烛映照着你的脸庞，十四根蜡烛见证着你的成长。今天，你十四岁了。看着你一天天茁壮成长，我们心里都充满了由衷的喜悦和自豪。

孩子，你就像是在一眨眼之间突然长大了，昨天粉嘟嘟的小脸我们还没有亲够，今天的青春痘就悄悄地爬上了你的额头；昨天还缠着爸爸妈妈讲小乌龟、大灰狼，今天就懒得和爸爸妈妈逛公园、进商场了。你变得成熟和独立，你学会了拼搏和思考，你懂得了感恩和负责任。这一切变化骤然到来，让我们又惊又喜！从你出生的第一天起，我们就对你的未来充满了美好的期望，我们的爱伴随着你成长，你就是我们的未来，你就是我们的希望。宝贝，在成长的路上，我希望你能记住以下几点。

做一个健康快乐的人。虽然现在你的体魄还不够强健，但是从现在开始你可以把它锻炼得像钢铁一样。虽然你是哭着来到这个世界的，但是要记得你是为了寻找欢乐而生活。希望你能拥有一双智慧的眼睛，去发现、体味生活中的真善美，在真善美的王国中盛开属于你的快乐之花。

做一个正直勤奋的人。虽然你的天分可能不突出，虽然你的容貌可能不迷人，但是只要你向着仁爱善良之海持之以恒地扬帆远航，你就会成为一个受人尊敬的人，你的正直善良会为你敲开一扇扇成功之门。到那时，人们关注的不再是你的容颜，而是你身上体现出来的崇高精神！

做一个有责任、敢担当的人。虽然你的肩膀还很稚嫩，但是你应知道“少年强则中国强”；虽然你的力量还不够强大，但是你应知道“自古英雄出少年”！

明天是灿烂美好的，但是也会有雷雨和风暴，你为理想而奋斗，就意味着会迎来一些烦恼和挫折，希望你能学会判断、学会应对。在你无法决断的时候，孩子，别忘了我们，不论什么时候，遇到什么问题，只要你信任我们，我们都会竭力帮助你，我们不仅是你的父母，也是你最值得信赖的朋友，我们永远是你随时可以停靠的港湾。

希望你的青春能如彩虹般灿烂。

申雯琦家长

十四岁的畅想

你从襁褓中走来，蹒跚学步的身影依然；
你从欢笑中走来，开心雀跃的身影依然；
蓦然，你已经亭亭玉立，十四岁了。

十四岁是什么？
它是人生成长的一个阶段，
它是童年转入少年的一个节点，
而我们，面对性格变化的你，
有点不知所措，
有点手忙脚乱，
有点着急上火。

这时，学校老师伸出了援手，
十四岁生日主题班会给了我们交流的契机，
让家长和孩子相互交流、吐露心声。

一封家长写给孩子的信，
回忆过往，
寄托希望。
一封孩子写给家长的信，

感谢父母，
放飞梦想。

那日，
才艺展示让我们想起了辛苦付出，
交换信件让我们听到了儿女心声，
互赠礼品让我们想起了甜蜜岁月。

那日，
笑声伴着歌声，
泪水伴着感恩，
快乐伴着深情。

这是一个别样的生日，
这是一个让人铭记的生日，
这是一个永恒的生日。

这里，亲情与友情交融，
这里，师生情与同学情共鸣，
这里，我们与京源同心。

学生家长

十四岁生日主题班会——门槛

十四岁，是一个关键的槛，谁迈得好就不会被这道槛绊倒，但被绊倒了再爬起来，他就是成功的；那些被绊倒后不愿爬起来的人，是无法顺利跨过这道槛的。

十四岁，它象征着成熟、年轻、纯真，也是人人向往、人人喜爱的年龄，为了让我们更好地跨过十四岁这道很重要的槛，我们班特意召开了“十四岁生日——门槛”主题班会。

周四的下午，伴随着音乐声和《我们如何度过门槛》的朗诵声，我们班的主题班会正式开始了。这是我们大家期待已久的活动，同学们的心情都很激动，为了准备这次班会，很多同学纷纷出主意、想办法，想把这次主题班会开得有特色，体现出我们班团结、友爱、互助的精神来。

举办活动的阅览室里不断传出同学们和家长的笑声，当投影仪把你、我、他（她）儿时的照片放大后，同学们互相猜着他（她）是谁，大家笑得非常开心，我们的笑声也感染了家长，大家仿佛又回到了童年时代。“心有灵犀一点通”这个节目，是由家长和孩子共同完成的，由校领导分别抽三个同学的学号，被抽到的同学就和他的家长一起上台表演。看到孩子与家长配合得那么默契，大家都为他们鼓掌加油。当我们的小话剧表演结束后，许多同学和家长都流下了眼泪，它对我们的教育意义实在是太大了，它告诉了我们应该如何孝敬父母、尊重长辈，做一个好孩子。为了我们的成长，父母付出了那么多的辛劳，给予了我们最伟大的父爱和母爱，听着父母对我们寄予的希望时，我们更加感受到了他们的伟大，当我们面临着十四岁这道门槛时，正是父母在帮助我们顺利度过。

在我们的主题班会现场有一位特殊的母亲，她架着双拐，来和女儿共度十四岁生日，这位伟大的母亲虽然言语不多，却体现出了她那博大的母爱。当我们和父母互换礼物时，看着手中父母写给我们的信和送给我们的礼物，同学们激动地流下了眼泪。我送给父母的礼物是一艘木制的小帆船，祝父母事业一帆风顺、身体健康，而父母送给我的礼物是一支英雄牌钢笔，他们希望我用这支笔很好地完成学业，报答老师对我的厚爱，实现自己的理想。在这次主题班会上，我也畅谈了自己的理想，今后我会为实现理想而努力奋斗，好好学习文化知识。就像校长说的，只有今天取得优异的成绩，才能为明天的幸福生活打下基础。所以，我要迈好十四岁这个人生的槛。

在《祝你生日快乐》的音乐声中，一个书形的大蛋糕摆在了我们的面前，这意味着我们从今以后要更加努力学习，刻苦钻研，报效祖国。小小蜡烛，点点烛光，同学们许下了一个个美好的愿望……

学生：张放

我们长大了

十四岁，一个特殊的年龄，一个步入花季的年龄，在这个美好的日子里，我们班召开了“门槛”十四岁生日主题班会。在这个班会上，我们大家都掉了眼泪，当父母们读写给孩子的信时，我们体会到了家长的良苦用心。

我们由不懂事的小孩长成了一个个大姑娘、小伙子，这与家长的关心与呵护是分不开的。家长把我们抚育成人，其间的艰辛是我们不能体会到的，我们是他们的希望，他们把我们辛辛苦苦地养大，希望我们以后能有一份好的工作，有一个好的家庭、好的人生。父母们为我们付出了他们的青春和心血。

在班会开始之前，主持人将我们小时候的照片展示在大家面前，让我们仿佛都回到了儿时。那个曾经天真、只会撒娇、不懂事、老惹家长生气的小孩儿，如今已长大了。十四岁的我们有自己独特的见解，有自己的想法，但我们似乎忽视了家长——养育我们 14 年的亲人，这正如我们所演话剧中过生日的周铁雷，他本来想与同学一起开个生日派对，但这时学校展开了一项关于孩子对父母了解程度的问卷调查，周铁雷答卷时，才感觉到自己并不了解父母，所以改变了主意，决定和父母一起过生日。是的，我们了解父母多少呢？我们记得父母的生日吗？可养育我们的父母不仅知道我们的生日，每年都为我们庆祝生日，还十分清楚我们爱吃什么，总会忙碌着为我们准备美味的一日三餐。或许我们应该用一些时间来了解我们的父母了。

我想我们现在应该加强与父母的沟通，以更多地了解父母，也让父母更多地了解这个时期的我们。在与父母交换礼物时，我们都收到了想得到的礼物，而我们给父母的礼物呢？或许我们小小的礼物也会让父母开心吧！因为在父母眼里我们仍是小孩子，礼物只是物质上的东西，我们的健康成长才是给父母最好的精神礼物！

我的爸爸是一名司法人员，忙碌的他很少有时间与我交谈，而这次班会上我和爸爸有了沟通。我读了爸爸给我的信，知道了爸爸在我身上寄托的希望，我想爸爸看了我的信，也会了解他女儿的心。

在班会的结尾，有一个吃蛋糕的环节，班干部别有用心地特制了一个翻开的书本型的蛋糕。我想，在父母眼里，我们就是一本书，一本令父母开心、生气与欣慰的书，也是写满父母心血与汗水的书，更是让父母每翻开一页都有惊喜的书。父母会用心地翻开它，而我们也应该用心去书写这本书，让每一页都精彩，用我们优秀表现来报答父母对我们的养育之恩。

我们长大了，应在我们给父母的书上重重地记上一笔。十四岁，父母养育了我们十四个年头、十四个春秋。我们长大了，应该用行动来证明十四岁的我们已是懂事的大孩子了。

爸爸妈妈，我想对你们说声谢谢，但我知道这两个字是不能回报你们对我无微不至的照顾的；我想说我爱你们，但我知道这也不足以回报你们深沉的爱。

那就让我也用心来编写一本给你们的书吧，来回报你们对我的爱。我长大了，我会用行动证明给你们看的，这本书我也会继续写下去，希望你们在满头白发的时候再回头翻开这本书，能露出会心的微笑……

学生：刘睿

感悟十四岁

周四，我们初二（2）班召开了十四岁生日主题班会。班会上很多家长和同学都潸然泪下。从来到这个多彩的世界开始，有很多事情是我们不能选择的。比如，我们没有办法选择父母，连要叫的名字也没有权利选择。后来我们开始长大，被逼着去学好多东西，被逼着去认识各种人。然而，正是这许多的“被逼”，才使我们更快地学会长大。

小时候总是在父母怀里撒娇，而成长中看着他们白发增多却无能为力，只能说要让父母以后过更好的日子。等到长大了，我们却忘记了小时候的承诺，每一次跟妈妈闹别扭过后，我鼻子总是酸酸的，其实知道是自己错了，却还是倔强，总不愿意按父母的意愿做事情。我们在慢慢地成长，可这是以耗费父母的青春做代价的。是我们在岁月中偷偷地换掉了他们的黑发。

如果不开这次班会，小时候的好多事我真的都已经快忘记了！现在体会到，他们那让我厌烦的唠叨，都是因为爱……

通过这次班会，我明白了，如果怀着一颗感恩的心去看待社会、看待父母、看待亲朋好友，你将会发现自己是那么幸福……

学生：马泽茜

学会感恩， 学会珍惜

这次的十四岁生日主题班会，令我懂得了许多道理，也令我一生难忘。

我的妈妈和其他几位家长讲述了我们童年的故事。我们认真地聆听着，有时心头一震，眼眶发热。孩子成长的一点一滴，都留存在父母的心里，在他们的记忆中，总有一方区域是属于我们的，里面保存着关于我们的所有事情。

以前，我们天天嚷着“我明白了母爱，我理解了父爱”，可是，我们真的明白了吗？在班会之后，我们体会到的，不仅是我们在生活中可以用眼睛看见的爱，还有需要用心去感受的爱。父母的爱遍布我们生活中的每个角落，如果将这些爱一点一滴汇聚起来，气势不逊于长江黄河。通过这次班会，我学会了感恩。

学生：徐瑶

绽放过后

12 月 15 日，一个令我永生难忘的日子。那天，我们举行了一次最有意义的班会——十四岁生日主题班会。班会的主题词是“绽放”，引人无限深思。

一天天，一年年，我们已走过了十三四个春夏秋冬。在这一天，我们迎来了那最瑰丽、最耀眼的一刻——十四岁生日。班会结束后，我真真正正地意识到，我长大了，该懂事了。

看着那一张张泛黄的照片，听着那一封封催人泪下的信，泪水模糊了我的双眼。我们渐渐长大了，爸爸妈妈却渐渐老了。他们传递给我们最珍贵的，就是那份亲情、那份爱！爸爸妈妈那浓得化不开的爱里，有期望，有嘱托，有担心，有牵挂。小时候，爸爸妈妈给了我快乐的童年，让我无忧无虑地长大。而我给了爸爸妈妈什么呢？这让我思考良久。我好像只说过“老爸老妈，喝口水吧！”或是“老妈老爸好辛苦”这种最简单的句子而已。爸爸妈妈给了我很多，但是他们从不奢求从我这里得到什么，只希望我健康、快乐地成长。当然，我认为我现在报答爸爸妈妈的最好方式就是好好学习，以自己的优异成绩温暖爸爸妈妈的心。

读完妈妈写给我的信后，我再也控制不住自己的感情，泪如泉涌，眼前模糊一片。妈妈将她对我的爱浓缩在这文字中，却仍不足以表达她对我真切的爱。当时，我哽咽着，想要表达自己的情感，却半句话都说不出！这浓浓的爱啊，完全让我沉浸其中。我更深刻地懂得了什么叫作幸福！

步入青春期的自己，不免有些叛逆，但我会尽量克制，不跟他们抬扛，不让爸爸妈妈担心，也不会再惹爸爸妈妈生气。我们的出生时刻可谓是“父忧母难”，妈妈是经历了多么大的痛苦才把我带到了这个世界上，爸爸又是多么担心我和妈妈的安危！

父母的爱，难以报答。那我就从点滴做起，一点点去回报那不求回报的、享不尽的爱！

学生：王佳琪

爱如潮水

伴着这个意义非凡的班会，我们度过了一个难忘的十四岁生日，今天是足以让我铭记一生的日子！

我慢慢地拆开那沉甸甸的信封，小心翼翼地翻开那记载着父母之爱的信件。在他们的笔下，往昔的每一件事都浮现在眼前，宛若一颗颗珍珠闪闪发光……不知不觉中，泪水已溢满了眼眶。周围同学的眼里也闪现出了晶莹的泪光，里面包含了无尽的爱与感动……我微微仰头，任由它肆意地流下来。手中的信攥得更紧了，澎湃情感以及难以言表的体会，一时间如同石头一样压在我胸口，使我透不过气来……想想：从什么时候起，我开始变得烦躁不安？从什么时候起，我开始厌恶父母的唠叨（叮咛）？从什么时候起，我渐渐开始刻意疏远那些爱我的人？

我一次又一次无情地拒绝了他们对我的爱，却从不知道，那是最尖锐的刀子，一直在不停地刺痛那些爱我的人的心。想想以往的任性，我为自己的无知而感到懊悔！回首往昔，在不知不觉流逝的十四年岁月中，父母为我付出了太多太多，但愈加叛逆的我却一次又一次地惹他们生气，从不懂得珍惜……

今天，在这个如花的青春季节里，在这个特别的班会上，我明白了许多，突然间觉得自己真真正正地长大了！我要怀着感恩的心来面对父母。现在的我，要向幸福的童年时光挥手作别，为自己璀璨的青春年华画上最绚丽的一笔！

学生：李宛泽

梦在前方

十四岁的我们已经步入了青年行列，不再是懵懂的孩子了。我们已经长大了，有了自己的想法，不像小时候那样一味地顺从父母，而常常会因为一件小事就与父母吵得不可开交。久而久之，父母和我们之间产生了隔阂，沟通起来比较困难。

十四岁生日主题班会的召开给了父母与我们一个彼此敞开心扉，互相了解的机会。一封封普通得不能再普通的信，字里行间却都充满了爱，温暖了我们的心房。当我们看过之后，泪水早已情不自禁地挂在脸上，每个人都泣不成声。是啊，父母为了培养我们，付出了太多的心血。可是在我们的眼里只有自己，从来没有考虑过别人的感受，认为父母为我们做的一切都是理所当然的，还总是觉得自己长大了、独立了，父母没有权利再管我们了。其实，这些想法都是错误的。想一想吧，在我们高兴的时候，父母会比我们更开心，并与我们一起分享快乐；在我们失意的时候，父母甚至比我们更难过，但还会耐心地开导我们。父母给我们那无私伟大的爱是我们用一生也报答不完的。我一定会做一个乖孩子，听父母的话，好好学习，不让他们失望。就像我在班会上挥笔写下的那几个醒目的大字一样，要有一颗“感恩之心”，去感谢身边每一位帮助过我的人。

我们小的时候都会有各种各样的理想，比如，有人想当一位伟大的科学家，有人想成为一名为国家培养人才的教师，有人想成为一名保卫国家的军人……在这次班会上，我们把理想写下来，放在气球里，让五彩缤纷的气球带着它们飞上蓝天。看着气球远去的影子，我暗暗下定决心：一定要勇往直前，实现理想。

学生：杜莉莉

十四岁生日主题班会感悟

十四岁这个生命的节点给了我意想不到的惊喜。从以前寡言少语的寂寞少年到那天把控全场的主持人，从以前胆怯懦弱的“隐居者”到大胆自信的“探险家”，这一翻天覆地的变化在这个特定的时刻悄然发生。十四岁生日主题班会是属于班级每个人的，它让我听到了同学们的心声，感受到了同学们的温情，看到了同学们鲜为人知的另一面。

一、充满挑战的班会

这次班会对我来说是充满挑战的。作为班会的主持人，在众多的同学和家长面前会不由自主地双腿发颤，满脸通红，脑中思绪如一团乱麻。因此，我不仅要克服背稿的困难，还要努力调整上场的紧张情绪。耸立在我面前的好似重峦叠嶂，看起来是那样高不可攀。我想退缩，但是这次班会是属于大家的，我的退缩无异于宣布班会的失败。“天将降大任于斯人也，必先苦其心志，劳其筋骨……”在各种考验之下，我必须选择直面挑战，奋力迎击。

二、充满泪水的班会

听初三学长说，以往的十四岁生日主题班会都以亲情之泪放纵奔流而著称。耳听为虚，眼见为实。这次班会，我看到了泪水，但已分不清那是别人的泪还是自己的泪。家长读信，同学读信，每一句话都是最真诚、最温馨、最催人泪下的心灵告白。虽然信中的话语平凡而朴实，却蕴含着最真挚而炽烈的情意。每个字、每句话都是从同学、家长的内心中提炼、凝结而成，让人听着感到心里暖融融的。泪水成了一种无声的道谢。

三、充满思索的班会

十四岁既是终点，又是起点。我们终止了以前的懵懂散漫，开启了奋发图强的新模式。在与十三岁告别，与十四岁相约之后，我们更应该做的是静静地沉思，思考未来的人生方向，思考未来的生活，勾画未来的蓝图。也许以前对我们适用的方法、技巧已渐渐失去价值；也许以前被我们贬低、忽视的“笨方法”“笨技巧”转身蜕变为我们的制胜法宝。一切在变，唯心不变。只要能保持一颗积极、乐观、奋发向上的赤子之心，幸福、快乐便会永远与我们相伴。

学生：王逸云

第一次感动的泪

畅想青春年华，展现青春风采，如今我们已经十四岁，已从少年走向青年，迈入了一个新的世界。十四年中，有欢笑也有泪水，更有那一份份真挚的感动。

2015 年 12 月 18 日，我们举行了一场令人终身难忘的活动——十四岁生日主题班会。其中最感人的环节，还是读那一封封充满无限爱意的信。

班会上，我作为学生代表，怀着无比激动的心情读出了自己写给爸爸的信，说出了自己的心声。看着爸爸的眼圈渐渐变红，自己也忍不住抽噎了……眼前的信纸渐渐湿润了，视线模糊了，台下响起雷鸣般的掌声。沉浸其中的我好像感觉眼前的一切都不存在，又好像是在做一场梦，只有我的心是热的。十四年的所有事情都一一重现在我的脑海中，仿佛放电影一般。这一刻才真正体会到爸爸对我无声而无私的爱。

互换礼物的时候，我没有为爸爸准备礼物，当我悄悄告诉爸爸的时候，爸爸却说："没关系，你就是上天给我的最好礼物。"热泪瞬间再一次充满我的双眼。我收到了爸爸给我的礼物——一本书，第一页下边写着一行字："特别的爱给特别的你，爱你！有起点，无终点。"我再也说不出话来，那一刻，我紧紧地抱住爸爸……

十四岁，一个成长的里程碑，在成长的路上虽有无限艰辛和痛苦，但让我庆幸的是父母的爱一直都在陪伴着自己。

不要忘记父母对自己的深情厚爱，不要忘记感恩父母，也不要忘记十四岁那天感动的泪水！

学生：赵文丰

十四岁，青春的责任

我是一粒种子，是父母种下的一粒充满希望的种子。在他们所给予的爱的陪伴与呵护下，我一天天地长大了。坐在窗边，回想起十四岁生日主题班会时的一幕幕，泪水又不禁在我的眼眶里打转。十四岁，这花一样的年龄，正值青春的我们，肩负着责任，正在渐渐成长。

十四岁，我对自己多了一份责任。望着天空中的白云悠悠地飘过，望着池中的鱼儿轻快地游戏，望着天边的雄鹰自由地翱翔，我知道，我不能再像以前那样无拘无束了，自我约束将与独立和自由并行。十四岁生日主题班会以后，在暑假里，以前那个喝着冷饮、看着动画片的女孩将会被那个在柳荫下看着一本本名家名作的女孩所代替；十四岁生日主题班会以后，在寒冷的严冬里，那个拉着父母的手撒娇让他们接送的女孩将会被那个不惧一切艰苦独立坐车的女孩所代替。

十四岁，我对父母多了一份责任。十四年，十四个春夏秋冬，五千多个日日夜夜，那为我操碎了心、一头黑发变成白发的父母，应是我好好尊重的人。龙应台曾经说过："所谓父女母子一场，只不过意味着，你和他的缘分就是今生今世不断地在目送他的背影渐行渐远。"而我说，我们要和他们并排远行，缘分永远不断。父母只有我一个心头肉，以后要靠我支撑起这个家。所以，十四岁生日主题班会后，我更懂得珍惜我们之间的时光，更愿抽时间多陪陪他们。

十四岁，我对社会多了一份责任。在学校里，我们的集体就是一个家，我要把"小我"融向"大家"，善良真诚，正直勇敢；在外边，多向陌生人伸出援助之手；在社区，多参与一些公益性的社区活动。我要开始走向成熟，把握宝贵的今天，为我的金色未来扬帆起航！

也许十四岁应该一路平坦，畅通无阻；也许十四岁应该曲折多难，有风雨阻挠。无论如何，十四岁的我们，身处最美丽的花季，要担起更多的责任。生日快乐，给那些等待蜕变的我们！

学生：杨开迪

你养我长大，我陪你变老

伴随着十四根生日蜡烛被点亮，我们迎来了十四岁，迎来了自己的青春；伴随着十四根蜡烛瞬间被吹灭，我们也猛然意识到，我们长大了，童年不再属于我们；伴随着像泪水一样的蜡油轻轻滚落，我们知道，我们不能再依赖父母了。所以，从现在开始，我们要扬起青春的风帆，向着朝阳升起的地方，远航……

青春的责任，做怎样的子女——这是这次班会的主题，也是一个既简单又令人困惑的问题。而这个问题，在我们的班会上得到了新的解答。

“现在请家长和孩子交换信件。”孙老师的声音响起，妈妈递给我一个白色的信封，充满鼓励地望着我，我有些紧张地接过信封，同时也把自己的信递给了妈妈。打开信封，我惊讶地发现里面竟有整整五页纸。在我的记忆中，妈妈是很少动笔的，就连以前给我写期末总结的时候都要唉声叹气地让我帮她想措辞，这次居然一下子写了密密麻麻的五页纸。望着妈妈在旁边如获至宝地捧着信纸，眼中尽是欣喜与期待，我心头莫名地涌上一股暖流，也迫不及待地展开信纸，细细地读了起来。在那封信中，有一句话我一辈子都不会忘记：“无论你何时受了委屈，都有我们做你坚强的后盾。”这使我更深切地感受到，因为有家，我是这世上最富有、最幸福的人；因为有家，我有一个可以放下一切包袱的地方；因为有家，我拥有了全世界。

“这个瓶子里面装的是你们父母的白发。”我的耳边回响着孙老师的话，一遍又一遍，我有些不敢相信地望着手中的玻璃小瓶，小心翼翼地观察着瓶中的两根白发。不错，白发，白得那么透彻，那么干净，连一丝黑的痕迹都没有。我的心如刀割，甚至不敢再看那毫无杂质的白发，“真的是你的吗?”我试探着问着妈妈。妈妈微笑着点点头：“是啊，怎么了?”我拨开妈妈的头发，轻而易举地找到了一根白发，和瓶中的一样，干干净净的白色，很显眼地暴露在黑发之中。我猛然想起那天下午妈妈对着镜子发愁：“宝贝，妈妈都有白头发了，快来帮我拔几根。”那时，我一脸不相信：“怎么可能，别瞎想了，那是光线的原因。”妈妈愣了一下，随即点点头：“嗯，也许吧。”而现在，妈妈头上真的有了白发，也许早就有了，也许最近才有，总之，她老了。一股强烈的愧疚感油然而生，从什么时候开始，妈妈的头上有了白发？从什么时候开始，妈妈的脸上有了皱纹？从什么时候开始，当我和妈妈顶嘴时，她不再反击，而是满眼泪光闪烁？从什么时候开始，妈妈累了、倦了，只希望有我守护在她身边？所以，请记得，多陪陪爸妈，多逗他们笑，别让他们担心害怕，青山不老人易老，岁月无情人有情。

青春的责任，做怎样的子女。我想，这个问题我们早已有了答案：你们养我长大，我陪你们变老！

学生：江佳琪

三个身份，三种感受；三个角度，三份收获

2015年12月16日，我们初二（3）班在蒋老师的带领下举行了一次十四岁生日主题班会。作为这次班会的策划者、组织者以及参与者，身份的不断变化令我有了不一样的心得体会。

首先，身为一名班会的策划者，在班会开始前的几周，我一直在为这次班会做准备，大到整个流程的安排，小到串词中的每句话，都要经过不断地商讨与修改。海报与板报制作更是提前一个月就开始了。每天放学，我们就都留下来，画海报的画海报，写字的写字，编流程的编流程，一直忙到下午5点多。晚上回到家写完作业后还要为班会做着其他准备。为了台上的几个小时，我们努力了将近一个月。一个几分钟的短片就要准备好几天。我经常问自己：这样做值得吗？值得！正如老话所说：台上一分钟，台下十年功。没有那一天天的运筹帷幄，何来的决胜千里。正是因为参加了这次班会的策划，才让我知道要想获得成功，必须付出相应的努力与心血，世上从不会有天上掉馅饼的好事，上天也不会将成功赠予无准备之人。

其次，作为一名班会的组织者，在班会上又有着不一样的感受。那天下午1点半左右，家长陆陆续续地到达了会场。家长们的表情神态各不相同，有的兴奋，有的高兴，还有的有些许惭愧与自责。班会开始后，我作为一名主持人，以旁观者的身份看着同学和家长上台读信。在这一过程中，很多同学都哭了，有的家长也哭了。我静静地听着，每一位家长的信

中都无不透露出对孩子的关心、呵护，有的还包含着懊悔与惭愧。那一声声“我爱你”“对不起”显得是那样地打动人心。我在旁不禁想：父母究竟为我们付出了多少，又承受了多少？我们该如何报答？这没有答案，我想：只能等自己长大后多陪陪他们，多照顾他们才能够算得上报答吧？

最后，我再以一位普通参与者的身份来谈谈自己的感受。班会上，我拆开手中那封沉甸甸的信件，细细地读。这封信的字里行间无不透露着写这封信的人——我的父亲对我的关心和爱护。他的信中没有那些煽情的话语，只是在静静地讲着以前发生在我身上的事。从我的出生开始讲，一直讲到现在，其间的每一件事都勾起了我对往昔的回忆。几乎只是一眨眼，十四年就这么过去了，父母已变得头发花白了。十四岁，意味着我长大了，该我照顾父母了。十四岁，是我们人生中的一个路口和转角。正如我在班会主持词中所说，“路口和转角意味着机遇，意味着挑战”。是啊！我们都已步入了青春年华，应当在人生路上无所畏惧地向自己的目标奔去。父母在信中对我们的鼓励以及期待，正是我们前进的动力。正是有了他们，我们在青春路上无所畏惧。

三个身份，三种不同的感受；三个角度，三份不同的收获。这一次的班会令我收获颇丰，也令我认清了自己该承担的责任。就如父亲给我那一封信中的最后一句话：

我为七尺当振臂，想天敢负有心郎！

学生：李骁

身体发肤，受之父母

“身体发肤，受之父母，不敢毁伤，孝之始也。立身行道，扬名后世，以显父母，孝之终也。”我们的每个细胞、每寸肌肤、每声啼哭、每次心跳，都由一根根无形的线丝丝缕缕地与父母相接，不管相隔多远，永远藕断丝连。

“佟一，写完作业了么?”

“没有呢，”我玩着手机答道，“别烦我了。”

在十四岁生日主题班会上看着这段关于我的视频，生活中的种种情景如电影般在我眼前一一浮现。小时候，爸爸妈妈就是我的全部，虽然儿时的记忆断断续续，但他们的爱我是无法忘记的；长大了，步入学校，我有了好朋友，可以和朋友们玩耍，却也离不开父母的陪伴；再大些，我可以独立做一些自己的小事，勉强照顾自己，正是父母的关爱使我更加自信。但现在，有时我自认为长大了，总是因为一些小事而失去耐心和父母顶嘴，而大多情况都是我有错在先——

“妈，你进来怎么不敲门啊?”

“都几点了，你作业还没做完，成天抱着手机玩，你……”

“我没有!”

……

耳边渐渐变得嘈杂起来，我鼻子一酸，两行热泪夺眶而出，眼前的视频渐渐在泪眼中变得模糊不清。当初的任性，当初的反抗，现在看来都是那么幼稚。此刻，我心里唯一的情绪就是后悔，后悔当初不了解自己，不理解父母，可错误已犯下，后悔又有什么用呢?

一滴，又一滴，我的眼泪滴在了那封信上——“儿子，妈妈想和你说……”“非典……前线……”我瞪大了那充盈着热泪的双眼自言自语：“那时我刚刚出生不久啊……”妈妈不顾身体虚弱，奋战在抗击非典的前线，而我浑然不知，还时常让妈妈生气；爸爸在我儿时就出差办事，不能经常回来看我，我以为他不爱我，可当我得知每天他都向妈妈打电话询问我的情况时，我再也忍不住懊悔的情绪，大哭起来……

有太多我不知道的事情，有太多我不了解的爱，以前的任性，随它去吧，把这些往事绘成一幅幅童年回忆的画卷，我从此会更爱父母。我一直以为我离不开他们，现在才明白原来他们也离不开我。我的身体渐渐强壮，有了自己的思想及行动力，然而爸爸的身体不再轻快，妈妈的头发渐渐泛白。他们需要我，我又怎能辜负他们?

“妈，过来，我跟你说个事儿。”

“说吧，什么事?”说着她便把脸靠过来。

我在她的脸上亲了一下：“我说完了。”

学生：佟一

我爱我的十四岁

十四岁，是人生的转折点，是少年到青年的转折点。十四岁意味着成长，意味着责任，更意味着我们要步入青春的大门。站在十四岁的路口，不知大家是否想过，我们要做什么样的子女？如果你不确定，就和我一起在十四岁生日主题班会上探索青春的责任——做怎样的子女。

十四岁的第一滴眼泪

2015 年 11 月 15 日，是我们召开十四岁生日主题班会的日子。从那天起，我就要告别少年期，走向青春期了。这一天后我们就不是只在父母怀里撒娇的孩子了，而应该是承担起责任的青年了。在班会上，一段视频使我流下了十四岁的第一滴眼泪。当在视频里看到同学顶撞家长的片段，我心中不禁泛起一阵涟漪。我想到了自己，我也曾处于叛逆期，时常顶撞爸爸妈妈，与他们斗气，但当时的我不知道他们的委屈与无奈，没有换位思考，只是想着自己把气出了就没事了，有时甚至会把妈妈气哭。现在想想，真是不应该。看着爸爸花白的头发和爬上脸的皱纹，才恍然明白爸爸妈妈已日渐苍老，但他们仍努力地满足我的一切要求，不让我受一点儿委屈，他们无时无刻不在照顾着我，而我却不懂事，让他们受委屈。看着手中爸爸妈妈写给我的信，两行眼泪不禁从脸颊上流下。

父母的嘱托

当我拿到父母的信时，心中不禁一颤，这是爸爸妈妈第一次给我写信。我慢慢地打开它，看着爸爸的笔迹，认真地读了起来。爸爸在信中表达了对我的期望，我没有想到生活中不善言谈的爸爸竟然能写出这样的话。这可能就是父爱吧，厚实，沉默。读着爸爸的信，我的手不禁颤抖起来，心情无法平复，信纸被泪水打湿了。

紫砂和白发

当孙老师要送给我们礼物时，同学们心中充满了期望。孙老师拿出了三十四个小瓶子，里面装上了紫砂。当老师叫到我的名字时，我激动地来到了孙老师前面，从孙老师手中接过礼物。当我正疑惑里面的两根白色的线状物是什么时，孙老师公布了答案：是你们父母的白发。听到这里，我颤抖了一下。虽然爸爸的白发很明显，但妈妈是一头乌黑亮丽的黑发，没有白发啊！妈妈告诉我，其实白发在她头两侧的黑发里，只是我没有注意到罢了。爸爸妈妈对着我笑了笑，他们的皱纹瞬间就显现出来了。不知不觉中，爸爸妈妈变老了，想到我在一点点地长大，而爸爸妈妈却日渐苍老，心里满是感激之情。我不敢想象有一天爸爸妈妈会离开我，更不敢想象离开了他们我该怎么办。听到这样的问题，他们总是笑着回答我："到那时，你就结婚了，不会再那么依赖我们啦。"我攥紧了瓶子，准备将它作为我最珍贵的礼物珍藏起来。

十四岁，意味着责任和成长。班会落幕了，我们的心情却没有平复下来。赤橙黄绿青蓝紫，七色彩带绑在我们的手臂上，我们应该做合格的、有责任的、努力翱翔的子女，让父母不再担心，让青春如彩虹般绽放。我爱我的十四岁！

学生：小周

第四章

老师的匠心

主题班会中学生主体性的发挥

——记“迈好青春第一步”主题班会后的感想

北京市京源学校教师　向喜安

在全班同学紧锣密鼓的准备下，在家长、学生、教师的共同参与中，初二（3）班“迈好青春第一步”十四岁生日主题班会终于圆满结束了。回想着班会中全班同学迫不及待、跃跃欲试的神情及班会的顺利举行，再结合一年半的班级日常管理经验，我深刻地感受到班级管理尤其是主题班会的准备、召开，发挥全体学生的主体性作用是多么重要。

刚入京源学校时，他们认真、幼稚地连连问老师作业本要不要包封皮、包什么颜色的封皮等让我这个初涉教坛的班主任都哭笑不得的问题，班委干部更不知该从何处下手去干好自己的工作，尽好自己的职责，以达到协助班主任管理全班的目的。因此大事小事都需班主任操心，学生潜在的实践能力、参与能力、竞争能力未能被充分地挖掘出来。后来，我多次召开班委干部会议，指导和帮助全体班委干部逐渐发挥他们的管理作用。在班委干部的带动下，全体学生的自主管理意识也日益增强，在班级管理中发挥了主体作用。因此，在初一时，我们成功地召开了班主任引导、班委干部统一策划、全体学生积极主动参与的“集体主义教育”主题班会。班会办得成功而感人，带给大家成功的喜悦，大家都憧憬着初二年级再召开一个别开生面的“迈好青春第一步”主题班会，因为在这个班会中，他们的爸爸妈妈也会参与。

在“迈好青春第一步”主题班会召开前夕，我利用晨夕检的时间多次强化全体学生的参与意识，让全体学生都意识到自己的责任重大。许多学生为了迎接班会，早早就准备好了自己的节目，如相声、小品、合唱、舞蹈等，但这次班会异于其他的联欢晚会，我们需要的是家长和孩子通过书信、谈话发言等方式交流，以达到亲子情感交流的目的，所以只保留了《雪日的祝福》和与班会主题密切关联的小品。几个小演员利用中午和放学后的时间废寝忘食地排练，表演的效果非同凡响，在座的老师、同学及家长都流下了感动的泪水，这些节目在这次主题班会中起到了画龙点睛的作用。

班会的主持人是在许多同学积极推荐下产生的，四名主持人非常高兴地承担了这个艰巨的任务，其中的两名主持人高鹏和孙巍为此还特地听了其他两班的班会，认真地做好记录，之后又和我一起讨论每个细节，那天他们直到晚上 7 点钟才离开校园。当我送他们到校门口并把他们交给各自家长时，心里酸酸的，我为班级中有这样的孩子感到骄傲和自豪，初二（3）班像这样的同学不止他们，还有许多许多。

召开班会，需要串词，我想班级中有那么多文笔优秀的学生，让他们去写串词，用他们自己的语言去组织班会，不是更合情理吗？这样也更能增强他们的参与意识，提高他们自主参与、自主管理的能力，这比教师写好串词让主持人去背，更能体现出素质教育的真谛。串词在几个学生的认真讨论、反复琢磨下写出来了，果然很有学生们自己的特色。但毕竟他们年少，写出的文字还需斟酌指导，我多次和他们一起反复讨论修改，最终定下了串词。其他的工作则是需发动全体学生和家长完成他们各自的任务，同学们认真地准备给家长的礼物，并虔诚地写好了十四年以来第一封给家长的信，还搜集了自己从出生以来到十四岁的所有照片，有的学生甚至把自己妈妈的照片也拿来了。有这么多积极主动、团结协作的可爱学生，班会又怎么可能会不成功呢？

在开班会时，本来准备让四五个学生发言，后来竟然有七八个学生主动发言，而且每个学生的发言都简短精辟，感人至深，让在座的每个学生都深深地感受到父母养育的恩情，立志要迈好青春第一步，回报自己的父母，回报关爱自己的老师，回报给他们创造优越条件的社会。

一次班会需要发挥全体学生尤其是班委干部的主体性作用，在班级的日常管理中，又何尝不是如此。然而学生的主体性并不是一朝一夕能培养出来的，需要班主任在日常管理中慢慢地培养。而素质教育也要求我们要注意培养学生的参与意识、实践意识、竞争意识，这就要求每个班主任在日常管理中应充分发挥学生的主体性作用，培养学生的多种能力，提高学生的综合素质。事事由班主任来办的班级管理作风与素质教育是相悖的，并不是我们所要倡导的，所以在班级的日常管理中，班主任应该敢于放手，相信自己的学生能干得很出色，只有这样，才能提高全体学生的自主管理能力，提高学生的综合素质，促进学生的全面发展。

让班会效果延伸

北京市京源学校教师　袁琳

伴着《祝你生日快乐》的优美旋律，初二（7）班以“理想、展翅、飞翔”为主题的十四岁生日主题班会拉开了帷幕。

满怀对青春的向往，带着父母的挚爱与厚望，在老师和校领导的谆谆教诲下，学生们告别了天真烂漫、幸福美好的少年时代，跨进了青春的门槛。

还记得班会上，学生们全神贯注地默读父母写给他们的书信时的情景，学生们从那饱含真挚情感的字里行间，好似领悟到了父母的爱和重托，理解了责任的含义。有很多孩子读过信后，抱着自己的妈妈流泪，继而立下雄心壮志，表示要刻苦学习，长大后孝敬父母，报效祖国。一张张还显稚嫩的小脸上，多了几分成熟与深刻，这一切让我们感觉到了班集体的凝聚力和班会的巨大精神力量。如何让这一只只扬起了帆的小船能够乘风破浪，顺利远航呢？也就是说，如何让我们主题班会的这种精神动力继续延伸呢？

针对青春期学生辨别能力差、易受社会阴暗面影响而情绪彷徨、不稳定的特点，我组织学生参观了北京市中级人民法院并请审判长讲他们如何克服各种恶劣情况的影响，以事实为依据，以法律为准绳，在最短的时间里使受害者得以昭雪，将肇事者绳之以法，让学生从法院环境的严肃、庄严，意识到法律的尊严不容侵犯，也让他们从这些维护法律正义的人的身上意识到一个人无论现在如何，都应该有远大的目标。这些法官也是普通人，他们的工作鲜为人知，但是什么使他们在危险的工作岗位上，努力实现自身的价值，甚至不惜为此舍弃自己的生命？是什么让他们那么执着？就是因为他们有目标，他们要用自己的努力工作保护广大人民的利益，为维护整个社会的安定做出自己的贡献。这次活动深深地触动了我的学生，让他们认识到了树立高尚理想的重要性。这也使我初步认识到班会精神力量对学生教育的重要性。这不论对学生的现在还是未来，都会产生极其重要的影响。

挫折与失败就像一对亲兄弟，不管你喜不喜欢，它们都有可能不期而至。虽然我们现在的政治课、心理课还有班会都在对学生进行教育、引导，然而学生在解决具体问题时，还是会遇到方方面面的干扰，稍不注意，就会形成负面影响，进而留下终身遗憾。因此，我认为，作为新时期的班主任，既要对学生进行常规教育，还应该帮助学生提高解决具体问题的能力。如现在的学生缺乏准确的自我评价能力，对别人的批评往往采取敌视、不接受的态度，这种只爱听好话、不爱听坏话的现象，在班里时有发生。针对这个问题，我利用班会，给学生讲了电影制片人邓建国的故事，引用他的话让学生展开该如何正确对待批评的讨论。邓建国曾说：报刊、电视表扬我，给我发的是金牌，这是对我工作的支持与肯定；报刊、电视批评我，给我发的是黑牌，这是对我的关心与期盼，金牌、黑牌都是奖牌。通过讨论，学生们认识到，邓建国不但能正确地对待表扬，而且能把批评变成促他上进的一种动力，体现了他为人处世的宽容与豁达，而这是每个想成功的人都应该具有的一种特质。

借助有限的班会时间，全方位关注学生成长的轨迹，把班会的教育精神渗透到平时大大小小的实际事例中，可达到把班会精神延伸下去的目的。在这方面，我们可做的事真是很多。

与此同时，我还注意借助各方面的力量，如各科老师、学校、社会、家长的力量，让其共同参与到培养教育下一代的工作中来。我曾先后请本校语文教师和丰台特级语文教师设“语言艺术”和“语文学习”专题讲座；请长城资产公司负责人还有一些学生家长列班讲“我的工作经历”；请身残志坚的大学生讲“我的成才之路”，让每一个学生都受到教育、感染，帮助他们即使在人生之旅上遭遇狂风大浪，也能泰然自若。

十四岁的生日已经过去了，但由于我有意识地把十四岁生日主题班会的精神延伸到以后的工作、学习和教育中，因此保证了这次班会长期的教育效果，不仅使学生得到了教育，也使我自身的能力、素质得到了提高。

春风化雨润心田

——十四岁生日主题班会的启迪

北京市京源学校教师　史桂珍

室外寒风刺骨分外冷，室内温暖如春情更浓。

初二（6）班的学生、家长、老师欢聚一堂，共同庆祝孩子们14岁生日的到来。烛光闪烁，乐曲悠扬，每个到场的人都沉浸在感动之中。

孩子们手捧父母的来信，忍不住热泪盈眶，一封封浸透着父母无限深情和殷切希望的书信，深深地打动着每个孩子的心，他们在惊讶和感叹中理解了父母的苦心，了解了责任的含义。

班会过后，许多家长打来电话，告诉我孩子们的变化。有的说孩子听话了，不随便顶嘴了；有的说孩子知道努力学习了；有的说孩子知道体谅人，能够帮着家长干点活了……

这次班会成功了，回顾班会的全过程，“针对学生的特点以情育人”是这次班会成功的主要原因。

初二学生进入了人生的关键时期——青春期。青春期学生的心理和生理都发生了很大变化，他们既想追求独立的生活，又摆脱不了对成人的依赖；他们遇事冲动，爱自作主张，又缺少分辨是非的能力；他们渴望得到信任、平等、尊重，又常常与成人对立。因此，心理学家称这一时期为人生的危险期。如何把握学生的特点，让他们理解父母的辛苦；如何让他们珍惜青春，努力学习；如何帮助他们顺利地度过危险期，就成了我们这次班会的主要议题。

据我调查，我班大部分学生家里的生活条件都比较优越。他们从小长在蜜罐里，只知道心安理得地接受家人的照顾，不懂得体谅父母的辛苦。有些孩子学习不努力，花钱大手大脚，还有一些其他不良习惯。

针对这种情况，我首先精心选择班会内容，力争以情动人。我反复阅读家长的来信，从中选择最感人的内容，让家长精心修改，使其能达到感动人、教育人的程度。洋洋妈妈的信能使人落泪，她不平凡的经历就能感染学生。洋洋5岁那年不幸得了肾炎，从此，一个健康的孩子只能和针药相伴，失去了快乐玩耍的时间。病床、打针、吃药是他生活的主要内容。面对天塌地陷般的灾难，洋洋妈妈开始也是以泪洗面、痛苦万分，后来她决定从痛苦中站起来，用自己的行动来教育孩子敢于面对惨痛的事实。洋洋妈妈的信不仅令人感动，更让人振奋，她用她的坚强教育了所有的人。

唐娜的爸爸从小生长在贫穷的山村，为了能考上大学，他晚睡早起，饿了喝碗凉水，冷了跑步取暖，病了也不休息，经过几年的苦学终于考上了大学。唐娜爸爸那亲切的话语和顽强不屈的奋斗精神再一次教育了班里的学生。

学生的年龄特点决定了用简单的说教并不能达到教育他们的目的，所以我们必须在教育形式上别出新意，力争以新取胜。

首先，在会场的布置上，我们以温馨为基调。小动物、小装饰在烛光和鲜花的映衬下，把更多的欢乐带给了孩子们，让大家在快乐的气氛中开始了主题班会。

其次，对背景音乐，我们也是经过精心选择的。好的背景音乐能够使班会锦上添花，一曲快乐的《童年》唤起了孩子们对童年的美好回忆，在优美的乐曲声中，孩子们讲述着他们童年的故事，回味着父母给他们带来的快乐。《回家》的曲调舒缓悠扬，把它作为背景音乐极为恰当，它能使人们的美好情感在亲切的氛围中自由流淌。《烛光里的妈妈》那如泣如诉的旋律与洋洋妈妈的情感表达恰到好处地结合在一起，也使信的内容长久地回荡在学生耳畔，留在学生心中。

最后，我们在歌曲的使用上也别具匠心。文章要有高潮，读者在高潮中会受到感染，作者的思想感情在高潮中得以宣泄；开班会也要有高潮，一个成功的班会总要有令人终身难忘的内容。为了达到这个效果，我在父母读信之后安排了一首歌《懂你》，演唱者用他们独特的嗓音，向大家表达了他们已懂得父母的心情，父母的恩情已铭刻在他们内心的感情。朴素的语言、深情的歌声使台上台下的学生、家长无不感动，一下子就把班会推向了高潮。班会就要结束了，王琳雅代表全班学生送给家长一首歌《送给妈妈一枝花》。她用甜美的歌喉唱出了每一个学生的心愿，感谢父母十四年的养育之恩，感谢父母五千多天的教育之情。伴随着歌声，四十八支康乃馨被送到每位家长的手中，班会再掀高潮。

班会是短暂的，但是它使学生在青春萌动之时，感受了父母的温情，懂得了要珍惜青春，要用自己的奋斗报答父母的养育之恩的道理。这次班会不仅使学生心灵受到强烈的震动，也使家长在教育方法上得到很多启发。

珍藏一生的财富

——谈十四岁生日主题班会活动

北京市京源学校教师　张郁茜

我校每届初二班级都会开展十四岁生日主题班会活动，从心理健康教育的角度来看，我认为这个活动最大的意义在于它很好地促进了父母和子女的沟通。由于我在工作中一直开展针对中学生和家长的心理咨询活动，所以这些年来发现一个有趣的现象：在初一年级就亲子关系问题进行咨询的大多是孩子，但是到了初二以后，就此类问题进行咨询的就多是家长了。为什么会有这种现象呢?

初一学生提出的问题有“考得不好，回家怎么和父母交代?”“爸妈整天忙于工作、应酬，只知道给我钱，却没时间多陪我一会儿，他们总认为我应该很幸福，可又有谁知道我的感受?”“家长偷看我日记，我很生气，可他们说这是为我好，该怎么办呢?”等等。这个年龄段的孩子刚刚升入中学，心理上稚气未脱，又必须马上适应新的环境，有着强烈的与父母沟通的愿望，由于孩子表现得比较听话和顺从，很少有家长在这个阶段就亲子问题进行咨询。但这并不代表亲子间就真的没有问题了。到了初二之后，家长们开始抱怨“孩子回家什么都不跟我说”“我说什么他都听不进去，有时候干脆躲进自己房间”等问题。这种亲子之间的交流困难使得父母子女之间好像隔了一堵无形的墙，变为住在一栋房子里的陌生人，这种情况让家里的每个成员都很痛苦。

和每个孩子关系最密切的就是抚养他们长大的父母，孩子有问题一开始总是想找父母帮助的，可是当孩子感到不被父母理解，甚至被嘲笑或批判时，就会逐渐失去对父母的信任。这种两代人之间的理解，需要高质量的沟通来实现。

谈到这里，许多父母可能会说："我总是想和孩子交流，可是他根本不配合。"由此我联想起一件事，前两天在路上碰到一个孩子，已经上初三了，我问他："你父母最近身体怎么样？工作忙吗？"他说："不知道。我每天回家就是吃饭、睡觉、写作业，谁知道他们怎么样。"我很奇怪："一家人在饭桌上都不说话吗？""说，不过主要是他们对我进行教育。"看着他满不在乎的神情，我想他父母每天饭桌上的这一番"教育"不但是白费口舌，而且引起了孩子的反感，让他不想说出心里话。

实际上，孩子真是对自己的父母满不在乎吗？不是的。每次学校开家长会前，许多孩子的心情就和被抓着的罪犯等待开庭审判一样。有的心事重重，有的想尽办法隐瞒，有的抓紧时间玩个痛快，好在父母那一通暴风雨来临前减少点遗憾。许多父母开完家长会回到家里，在孩子面前的确很像警察或法官，一心想要调查孩子所犯的错误并加以惩罚。这就严重阻碍了彼此间的沟通。因为在每个孩子心中，最在乎的就是父母对自己的评价，最渴望的是父母的支持和肯定，最害怕的是父母的责备和惩罚。而父母粗暴的态度，使得孩子在和父母交流时，总是小心翼翼，不敢放心地说出一切。而有时候，家长的反应会产生意想不到的影响。

一个初三学生的母亲前来咨询，她说孩子学习十分马虎，也没有一点紧迫感，自己想和孩子谈谈他对将来的打算也很困难。最让她担心的是，孩子回家什么也不说。我请这位母亲回忆以前和孩子交流的一些情况，她想起孩子上初二的时候，有一次回家忽然对她说："我去当职业球员怎么样？又能挣钱，又不用上大学。"她说："你个头这么矮，再过几年也高不到哪里去，你看自己像个职业球员的样子吗？"孩子又说："那我念个职业学校，将来也能找份工作养活自己。"她说："现在干什么都不容易，还不如在学校多念几年书呢。"孩子就不再吭声了。实际上，当时孩子已经有了不想上高中的想法，这想法可能源于他对自己的信心不足。但是这位母亲话说得太急，过早地下了定论，孩子也就不再说什么了。由于并不知道孩子说这番话的原因，也就错过了帮孩子分析现状、稳定情绪、制订对策的机会。而后来孩子对初三学习的懈怠，则和他觉得考高中无望很有关系。

在父母和子女之间，什么是最重要的呢？我认为是感情。孩子若对父母撒谎，父母除了感到气愤，还会感到痛心，因为感情受到了伤害。孩子的心灵还很脆弱，所以我们得随时关注他们讲话内容背后的情绪，这有时比谈话内容本身更重要。这也正是父母的角色与警察、法官不同的地方。父母随时纠正孩子的不正确言行是必要的，但这得建立在感情基础上，要以爱和关心为出发点。如果没有了感情做铺垫，孩子就会把父母当成他生活中的警察，而把自己当作小偷，玩起猫捉老鼠的游戏。小偷只有出于畏惧或无奈才会跟警察合作，所以一旦亲子关系向这个方向发展，教育就很难收到好的效果。

孩子上中学后，就意味着进入了生命的另一个阶段，家长的许多教育方式都得随之转变。中学阶段是每个学生告别童年、走向成熟的时期，又被称为青春期，在这个时期里，任何教育活动都离不开成长这个主题。在青春期里，随着心理的发展变化，青少年逐渐走出了童年时代那种幼稚、单纯的精神世界，开始具备独立自主的意识和能力，对自己的成长也开始注入越来越多的自我意识，并开始主动地回顾和评价自己的成长历程。这个时期的孩子有一个很大的特点，就是心理上出现“成人感”。

所谓“成人感”，是指初中生感到自己已经长大成人，渴望扮演成人角色，要求独立，要求被尊重。它是初中生在个性发展中独立性增强的突出表现。“成人感”的产生是初中生自我意识迅速发展的一个新的、重要的特征，也是儿童时期向青少年时期发展的转折点。承认和尊重初中生的“成人感”，在教育工作中具有非常重要的意义。在我们开展的“离队建团”系列活动中，学生从身份的转变领会到成长的真实含义，从而意识到自己肩负的责任，这既符合学生渴望成长、成熟的心理，又让他们有机会去思考自己要成为一个什么样的人。

上面所举的例子中孩子有句话“饭桌上主要是他们对我进行教育”。这种教育主要是说教，是最不符合青少年心理特点、效果最不好的教育方式。更好的方式应该是用事实来教育孩子，而不是讲道理。事实能给人感悟，能引发人的思考，而道理是空洞的。我们每个人都看过不少名人名言，而对自己影响最大的，恐怕还是自己切身体验过的经验教训吧？此外，在孩子发脾气、胡来的时候，如果做父母的能够保持冷静，等他情绪平静下来再共同仔细分析问题，不仅能教会孩子理智地面对问题，还会赢得孩子的尊敬。如果孩子情绪失控，自己的情绪也失去控制，事态就很难向好的方向发展了。

青春期系列教育活动的开展还涉及了“自我教育”的主题。自我教育作为中学生个性特征发展的一种内部力量，它不是学生自发的教育，而是教育者通过有目的、有计划地施加外部影响，正确地组织教育工作的结果。在这次主题班会活动中，我就很好地让学生运用了自我教育的方法。十四岁这个年龄正是充满了矛盾的年龄，一方面，学生适应了生活，精神上独立自主的要求越来越强烈，不易沟通，容易出现叛逆心理；另一方面，学生的自我控制能力和理智处理问题的能力都还没有完全发展起来，因此不能为自己做出正确选择。所以这一阶段的教育尤应富有艺术性。通过父母给孩子的一封信，不仅可以让家长冷静回顾孩子的成长历程，也让学生有机会去静静体会父母的良苦用心，从而有效地促进了两代人之间的交流；通过这样的交流，学生能够认真、冷静地去思考自己未来的道路和肩负的责任；通过集体班会的形式，还令学生们感受到了一起成长的快乐，在同龄人之间形成一种积极向上、健康活泼的成长氛围，这种让同龄人影响同龄人的教育方式，也是学校教育中非常重要的一环。

在亲子交流的问题上，这次我们采取家长、学生互写信件的方式。因为我们中国人在表达感情上是比较含蓄的，让一家人面对面诉说内心最深的感情是件很困难的事，而青春期的孩子有时表现也很任性，以自我为中心，甚至叛逆，因此用语言交流往往仅限于生活琐事——即便如此，也容易被对方的表情、动作影响，情绪难以保持稳定。写这样一封信，可以为亲子双方创造一个静下心来，把心中所想一吐为快的机会，而孩子也能够全心全意地聆听父母的真心话。对于开始出现亲子沟通障碍的初二年级学生来说，这一方式有其特殊的价值意义。

让班会的教育效果变得持久

——一次班会带来的生命成长

北京市京源学校教师　王珏

我也曾组织过十四岁生日主题班会，发现在这样的班会中孩子们会很容易动情，会后也能看到很多孩子的变化，但是这种感动和变化维持的时间却不长。怎样让班会的教育效果变得持久呢？在这次又组织这样的班会时，我尝试了以下的做法。

首先，精心策划写信前的准备活动。在学生写信前的几个月我安排了这样的活动：寻找生活中父母令你感动的瞬间，用照片记录下来并写下你的感受。有个心思细腻的女孩子拍下了窗外一片漆黑时爸爸起来为自己做早饭的照片，她说："每天早上，即使我吃不上几口，父母也要为我做饭。在外面还一片漆黑时，他们勉强睁开蒙眬的睡眼，起床为我做饭。"有个不善言辞的男孩子记录下了爸爸在门口叮嘱自己早点休息时慈爱的眼神，他说："这一瞬间，我从爸爸的眼睛里看到的不再是生气、愤怒，而是心疼、慈爱，这种慈爱滋润着我的心，让我突然意识到，原来爸爸也有如此慈爱的一面，这一瞬间我会永远铭记！"还有孩子拍摄下了父母翻看孩子儿时照片时露出的幸福微笑；不会做饭的爸爸为自己做的一碗炸酱面；妈妈夜幕中匆忙回家时劳累的背影……学生们细心观察、用心感悟，他们真切地体会到，父母对自己的爱在生活中随处可见。在班会中，孩子们为家长展示的这些感动瞬间让家长们也潸然泪下。同学们在用心去感受父母的爱后，在写给父母的书信中也充满了对父母的深情与感激。

其次，在班会后，我让每个孩子都拍摄了自己和家长互赠的礼物，利用每天晨检的时间让学生们分享这些礼物的含义和自己的感受。一位学生说："班会结束了，班会从头至尾都深深震撼了我。最令我感动的是这本厚厚的父母记录我成长的日记，它记录了我从出生到长大的每一件事。我从工整的字迹、精心的设计中看到的是父母对我的重视和用心。爸爸妈妈送给我的不是一本普通的日记，而是他们对我满满的爱。我给父母写了一首诗并亲手制作了一枝花，也许这花没有商店里卖的好，但它表达了我对父母这十几年的来养育之恩的感激。我用自己的劳动成果告诉爸爸妈妈，我爱他们!"

再次，让感恩内容更加丰富。在班会前，学生们选出了十位"感动班级人物"，并为获奖的学生写了颁奖辞，其中卫生委员周新宇同学获得的是"默默奉献"奖，颁奖辞是"每次灰尘的扬起、落下，我们或清晰、或朦胧地看到的，都是那张认真的脸庞。顺着脸颊滑落的汗滴，饱含着她的付出与奉献。承担责任，她无需任何言语，只用行动"!

我们将获奖者的照片和颁奖辞制成了奖状，背面是全班同学的签名和"感谢你"的留言。在班会上，我们请校长为这些学生颁奖。拿到奖状时，他们都非常自豪，一位获奖学生的父亲说："在家中总认为女儿这也不好那也不好，没想到同学们选她为感动班级人物。卫生委员，是她响亮的称呼；默默奉献，是她获奖的名片。她用瘦弱的身躯履行着自己的职责、实践着自己的诺言。尊敬的白校长亲自为她颁奖，这是对她最大的褒奖。这不仅是女儿的光荣，也是我们全家的荣耀!"

孩子们还给老师们写了颁奖辞，制作了奖状，为老师们颁了奖。

在《感恩的心》的歌曲中，孩子们说道："感恩父母，你们不仅赐予我们生命，更把我们养育成人。感恩同学，我们在生活和学习中相互鼓励、相互支持、相互安慰，在交流中获得收获和欢乐。感恩老师，你们不仅传授了我们知识，更教会了我们如何做人。感谢所有曾帮助过我们的人，是你们让我们发现生命是如此丰厚而富有；感谢所有肯接受我们帮助的人，是你们让我们感受到帮助他人所获得的快乐。甚至我们还要感激苦难逆境，是它们教会我们坚强。"

总之在会前、会上、会后，多角度、持续不断地强化良好的情感体验是让教育效果变得持久的有效方法。

且行且珍惜

——十四岁生日主题班会让亲情更浓

北京市京源学校教师　刘瑞芝

十四岁生日主题班会结束了，但班会中的画面还时常在我的脑海中闪现。可以在活动中观察着、感受着孩子们或大或小的变化，忽然觉得会前的紧张、焦虑、忙碌和付出都是值得的！

最令我惊喜的是，班会让学生和家长在对对方的态度上，都有了转变。

“参加完班会，突然间意识到孩子原来已悄悄长大了。他们有了自己的思想，我女儿再也不是那个躺在爸爸怀里撒娇的小女孩了……”这是一位总说孩子还小，每天执意把孩子送到校门口，事无巨细都要亲力亲为的爸爸的感悟。在班会上，这个孩子带来了亲手做的爸爸爱吃的点心，并告诉爸爸以后她会分担家务，减轻爸爸妈妈的负担。

“作为家长，我始终被深深地感动着，震撼着。我想，通过我们的教育，应该让孩子懂得回报父母是他的责任，还要让孩子懂得肩负起自己人生的责任，掌握基本的生存能力，将来能为家庭和社会贡献自己的一份力量。”这是那个对孩子“只求付出，不求回报”的汉柯家长的话。班会上汉柯展示了十四年来妈妈精心照顾自己的照片，并与妈妈约定从今以后自己要好好照顾妈妈。

“过去，我们一直试图用我们的经历来说教和感染孩子，可总是产生不了理想的效果。是我们低估了自己的孩子，总认为他不如别人。其实，我们错了，只要孩子们每一天都是健康的，能快乐地成长就已经足够了，我们没有理由、也不能用苛刻的标准要求我们的孩子都去达我们所预设的人生目的。”这是那个总不自信的勃阳的爸爸的体悟。勃阳在班会上读了自己写给爸爸的信，告诉爸爸：“你是我心中的好爸爸，今后我要努力做个好儿子。”这个看重家长权威，不苟言笑的严厉爸爸当时眼圈就红了，与儿子深情拥抱。我相信那是一个父子间久违的拥抱。

晨阳的爸爸妈妈都是教师，班会后他妈妈特别激动地找我预定了录有班会场面的光盘，说要珍藏起来。她发来短信：“刘老师，很感谢。千言万语代替不了心中的感激之情！只能对您说声辛苦了！通过这种亲子交流的方式，我们体会到班主任老师的用心良苦，感受到了学校的育人理念，我们为孩子在京源学校学习感到放心，对京源学校未来的发展充满信心！可惜晨阳的爸爸今天没能来到现场，不能感受那动人的场面！只好等他陪学生上完晚自习回来我再给他讲述了！再次感谢老师的辛勤付出！以前，我只看见孩子好多缺点，经常和孩子发生争吵，经过这次沟通，我们的感情一下子加深了，这种久违的亲热与沟通真好！”

……

我收到了几十位学生家长的反馈短信，一直反复阅读着，回味着，心里非常温暖。

在这个特殊的年龄段，在人生最重要的转折点，在学生和家长都有些茫然困惑之时，十四岁生日主题班会营造了一种特殊的氛围，使学生和家长一起在其中体验感悟，让原有的亲情进一步发酵，情感得到升华。

在学生成长的关键时期，怎样培养学生的感恩意识，促使学生形成对自己负责、对父母负责、对社会负责的责任感，是我们教育者需要思考的问题。十四岁生日主题班会给了我们一把解决问题的钥匙。

之前学校领导的一次次动员、审查，或许我们还不能完全理解其用意，只有亲历那一个个感人的活动场景，沉浸在那浓浓的亲情里，品读着家长那一句句肺腑之言的时候，我才真正感受到我们的这项工作是何等的重要！

十四岁生日主题班会活动能够使老师与家长们达成教育共识，形成教育合力，这让作为班主任的我感觉自豪而满足。我想这将是我要珍藏一生的财富！

懂得感恩

——捐一口“母亲水窖”，种一颗博爱的种子

北京市京源学校教师　翁俊田

“今天是你们的十四岁集体生日，老师本该送给你们每人一份值得纪念的礼物，但是我把这些买礼物的钱以你们的名义给西北地区捐建了一口“母亲水窖”。我国西部有些地区严重缺水，那里的人们每天要走几里甚至几十里的路去取水。修建一口水窖，就可以解决一些人的饮水问题。但因为贫困，许多家庭无力修建水窖。他们为了吃水而犯难，为了吃水而费尽周折。我想同学们也愿意用今天这样的方式来帮助他们，因此，我选择了这样的礼物，代表同学们来表达对西北缺水地区人民的关爱。希望同学们记住：我们不仅仅属于自己、属于家人，我们还属于国家、属于社会。当国家、社会需要我们的时候，每一个人都有义不容辞的责任。”这是我在我班十四岁集体生日班会上的一段讲话。

“天下兴亡，匹夫有责”的教育，对于今天的中学生来讲必不可少。90后的学生需要了解社会，认真地思考“社会”二字的深意，把个人和社会联系起来。青春期的孩子更需要爱的教育，这种爱不仅仅是亲子之爱，还应该是爱他人，爱集体，爱社会的“爱”。捐赠“母亲水窖”，从小的角度讲，是希望学生能够关注西北地区那些生活艰难的人，从大的角度讲，是希望学生能胸怀天下，关心我们的国家和社会。《后汉书》曰：“以身教者从，以言教者讼。”所以，教育者的“身教”也是一股巨大的教育力量。用捐赠水窖的行为，作为送给学生的礼物，给学生一个承担社会责任的机

会。把慈善的种子、博爱的种子，播种在学生的心田。

此举引起了学生和家长的积极反响，孟繁韬同学在随笔里写道："翁老师捐赠水窖的做法教给了我们什么是责任，什么是担当，我将永远牢记。"李兆鹏的妈妈这样写道："翁老师代表孩子对'母亲水窖'的捐赠行为，让我们从爱父母、爱孩子的小爱，上升到对全社会的大爱，这种教育行为在孩子树立人生观的时候出现，显得太珍贵了。"陈文涛的爸爸在博客中这样写道："当翁老师宣布以班集体的名义捐了一口水窖时，我很感动。这无疑给孩子们上了一课，因为我国还有一部分人需要帮助，我们要做一个有爱心、有责任心的人，要懂得回报社会，要学会感激，将来好好报效国家。这个十四岁的生日礼物很有教育意义，教会了孩子怎样做人，怎样做一个好人，做一个懂得回报社会的人。"

美好的教育行为换来了丰硕的果实。在为云南旱灾捐款的活动中，阳继煜同学捐出自己 2000 多元的压岁钱；学校很多学生连续四年到敬老院给爷爷奶奶表演节目，陪他们过中秋节；许多学生多次参加了"翱翔特别论坛"，关注南海局势，了解 PM2.5（细颗粒物）的现状，讨论雾霾的治理问题等。总之，这次班会活动之后，学生越来越愿意关注身边的人，关注社会。

好雨知时节

——为什么在十四岁举行十四岁生日主题班会

北京市京源学校心理教师　林丽

十三四岁的学生普遍开始进入青春期，他们对世界有了更多的个人看法和判断，变得“自我中心”起来；他们喜欢挑战权威并积极追求自立自主，强调对自己生活的控制权。

独立自主意识的萌发作为孩子成长的一个必然过程，本来是一件好事，但由于生理发展的局限性，青春期潜伏着“独立性”与“依赖性”、“成人感”与“幼稚感”、“自制性”和“冲动性”等各种矛盾冲突，这一时期也被心理学家霍尔称为人生的“危机时期”。青春初期的孩子大脑前额叶还没有完全发育成熟，而前额叶是人们进行思考、评价和做出复杂决策的脑区，因此青少年的决策往往不及成年人理性和成熟。前额叶同时负责冲动控制，它的不成熟导致了青少年情绪容易激动、暴躁，易受外界影响，易做出一些危险和冲动的行为。因此，青春初期的青少年仍然需要成年人的引导。但这一时期的青少年对独立自主的追求又使其难以看到自身的不足，并且不愿意如过去那般服从成年人。

著名的德国儿童心理学家夏洛特·彪勒把青春期称为“消极反抗期”，“反抗”家长等成长的权威成了青春初期孩子的生活主题。这个阶段，家长需要依照孩子的心理变化调整教育方式，例如，重新商定家庭角色担当的责任，给予“跃跃欲试”的青少年适度的权利，如让其参与规则的制订、家庭重大决策的表决等；告诉孩子应承担相应责任，给予孩子适度的空间来发展自己，鼓励其去追求梦想，并提供恰当的支持和陪伴等。在漫长的、渐进的儿童期中，家长扮演的是照顾者的角色，儿童则处于被照顾和被要求的位置，形成了家长指导、孩子听从的教育模式，亲子关系亲密、稳定，家长已经习惯了这种模式，并认为这种模式是长久有效的。而孩子在青春期的变化突然又迅猛，家长往往不能适应其变化之快，亲子冲突也难以避免。

京源学校针对这样的问题，试图寻找一种途径：帮助家长理解孩子的变化，调整教育方式；帮助孩子理解家长的行为，合理看待青春期自身的局限性。这种途径必须符合心理和教育科学规律，还要设计得足够巧妙，使其能够沟通双方心灵。在这样的背景下，“青春一封信”的亲子互动方式应运而生。不同于一般表达，书信给了双方足够的空间去换位思考，使情感表达得更细腻，观点表达得更客观。同时，书信沟通的方式又解决了沟通中青少年敏感、情绪易波动的问题，通过真心、坦诚的交流，让父母和孩子都静下心来，细细梳理对对方的情感，很好地表达自己的情感，并真心地关注对方、理解对方。

十四岁生日主题班会《学习成长手册》

——关于“生命”“成长”的思考

北京市京源学校教师　刘莎莎

京源学校每年都会在初二年级举行“青春一封信”十四岁生日主题班会活动，我工作至今已经组织过三次这样的班会。如何使班会产生的效果更加持久？如何引导学生在学会感恩的同时也思考人生？带着这样的思考，在设计今年的十四岁生日主题班会时，我结合班级的德育主线和学生的成长状态，设计了一本《学习成长手册》，引导学生对人生进行思考。

这本《学习成长手册》，由生命的思考、成长与思考、憧憬和期待三个部分构成。

在第一部分中，我设计了这样几个问题：我是谁？我从哪里来？我来干什么？我将要到哪里去？并要求学生听听父母如何回答这些问题。

在被问到“我是谁?”这个问题时，多数学生回答“我是父母的孩子”“我就是我自己”“我是一个天使”。家长们则认为“你是我的孩子”“你是我们爱情的结晶”。无论孩子还是父母，大多数人都是从人物的社会角色中去定义自己，相比较而言，学生更能从单纯的角度认为“我就是我自己”，不给这个“自己”穿上更多社会角色中的外套。

在被问到“我从哪里来?”“我将要到哪里去?”时，几乎所有的学生都写出“我从妈妈的肚子（子宫）里来”，这是一个不争的事实！“我要去周游世界”“我要到社会中去锻炼自己”“我要去天堂”，也是学生们的真实所想。然而有一个学生写下“我从自然中来，回归到自然中去”，它的真实性和思想性远远超乎了作为班主任的我的想象。生命的意义是一个解构人类存在的目的与意义的哲学问题，在历史长河中，它也是哲学、科学以及神学界一直思索的主题。前人在不同的文化环境与意识形态背景下也给出了多元化的答案。这样的问题设置并不是期待学生给出何种答案，而是在引导学生思考生命的意义，了解其父母对于生命的认识，同时让班主任去深入思考教育工作应该为每一个生命提供怎样的教育点化。作为一个教育工作者，对学生生命意义的教育也就是引导学生如何积极面对生活，如何努力创造生活。

教育的真正要义是立人，尊重人，尊重人的生命价值，尊重人的独特体验，尊重人的多样性，在此基础上，完成对学生健康个性、健全人格的培养。

第二部分内容是关于“成功”的：你认为什么是成功人士？列举你身边的成功人士，并说说他们具有什么样的品质。你身边的这些成功人士，他们的十四岁是什么样的？他们十四岁时在做什么？你希望自己的十四岁是怎样的？对于何为“成功人士”的回答，学生各有不同，总体上分两类。一类认为在社会上具有一定影响力的人是“成功人士”，如马云、邓亚萍、刘翔等。另一类认为在平凡的工作岗位上默默耕耘的人是成功的，如爸爸、妈妈、老师等。学生归纳这些“成功人士”之所以成功，在于他们的持之以恒、勇于挑战自我的精神品质。对于“成功”的认识，在问题链的引导下，学生感悟并找到了答案：达到或实现某种价值尺度的事件，从而获得预期结果叫作成功。每个人的成功都需要经历许多次人生的考验。成功包括精神与物质两方面，它需要天时、地利、人和等条件相互配合。其实只要每个人根据自己的目标，不断地去奋斗，体现出自我的价值，无论结局如何，就都是成功的人。作为教育工作者，对学生成功的教育，就是陪伴学生成长，对学生成长中出现的任何问题，都理性分析，积极面对，鼓励学生勇于担当、奋斗不息、超越自我。

一次班会活动留给学生的记忆或许是短暂的，但《学习成长手册》可以记录下班会活动的点滴，书写下对生命和成长的思考、记载师生们对未来的美好期许！

简单的礼物，平凡的爱

——“青春一封信”十四岁生日主题班会有感

北京市京源学校教师　于冉

从2013年接班到现在已经有近两年的时间，在这两年中，我与孩子共同成长，感觉到我们的关系在产生着微妙的变化。初一的时候，他们天真、可爱、单纯，与我的关系很亲近，没有任何距离感，无论什么事情都愿意和我分享，喜怒哀乐的情绪在我面前展露无遗。但这一切在他们升入初二后慢慢变了，在我问他们一些个人想法的时候，他们的目光开始躲躲闪闪，有时我都能看得出来，他们是在刻意隐瞒我。有时他们在我面前明明想哭，却会强忍泪水，眼睛向斜上方翻着，紧咬着嘴唇，一副无所谓的样子。他们开始有了自己的想法和见解，开始和老师顶嘴，开始有了“哥儿们义气”的观念。“我为什么要穿校服?”“为什么要系红领巾?”“为什么不能戴饰物?”……在这个阶段，我真不知道该怎么与他们沟通，有一段时间，每天的工作似乎就是跟学生吵架。我非常委屈：我都是希望你们好，你们怎么就不能理解呢?

在这个师生关系紧张的“关键”时刻，京源学校的传统系列班会“青春一封信”十四岁生日主题班会召开了。这个班会的目的是为学生和家长搭建一个沟通的平台，通过班会让学生能够明白家长抚养自己长大的辛苦，也让家长能够了解孩子青春期发展的特点，帮助孩子平稳地度过青春期。但我认为这不仅是学生和父母之间对话的机会，也是我这个学校中的“家长”与学生深层次对话的机会。

在与学生开会讨论后，我将班会的名字定为“谱写青春的乐章——十四岁，青春一封信”。希望学生在学会感恩与担负责任的同时，每个人也能谱写出属于自己的“青春乐章”。

班会的最后一个环节，是师生互送礼物。我带的班是音乐班，孩子们都很喜欢音乐，很喜欢唱歌。当初就在想：他们十四岁的时候我要送什么样的生日礼物给他们呢？我希望这个礼物既有寓意又是独一无二的。我在平时的生活中也很喜欢唱歌，有时会创作一些歌曲。在同事的建议下，我决定给学生写一首歌，写一首只属于我们的歌，把我对学生所有的爱和期盼都用歌声表达出来。

歌词该包含什么样的内容呢？是期望？是回忆？还是描写未来的生活呢？这时一个家长给我打电话，说孩子生病了总流鼻涕，今天没带纸，她已经把纸巾送到学校传达室了，让我告诉孩子去取一下。

说实话，我接到这个电话的时候有点哭笑不得，对于一个十四岁的孩子来说，如果有需要，她会有很多种方法解决没有纸巾这个问题的。孩子可能都没有当回事儿，但是家长却从家里开车到学校，又给班主任打电话，为的就是能让孩子用上这包纸巾。很多事情，可能在外人看来都是多此一举，但就是这样一件小事，却让我受到触动，我每天做的就是这样的事情啊！今天有个孩子胃不舒服，要想着提醒她吃药；今天做完值日关窗了吗？今天饭费收齐了吗？而我与学生相处的日子正是由这些点点滴滴的小事组成的啊。我决定就用描写我们每天在一起生活学习的画面作为歌的内容。

初次见面你们觉得我很酷，总是严肃指责都是错误，
觉得你们每天都很辛苦，所以唱首歌当作礼物。

有时身不由己被琐事缠住，你们的笑是最好的礼物；
有时风和日丽心情很舒畅，你们也能让我瞬间暴怒。

时间过得像飞一样，每天不停地在忙碌，
你们也在悄悄地成长，像一个大人物。

稚嫩的小脸渐渐变成熟，遇到困难不再只是哭，
犯错后不再用谎言来掩盖，诚实的样子真的很可爱。

因为身边有了彼此的加入，遇到困难不再孤立无助，
前进的道路虽然荆棘密布，就算跌倒也不要认输。

结实的臂膀撑起了期望，希望有天看见你成功的模样，
点亮希望放飞梦想，大爱七班展翅翱翔。

这只是一首简单的歌，希望你们能天天快乐，
如果有一天能哼起这首歌，记住京源，记住曾经的美少年。

当我唱完这首歌的时候，全班学生全都一拥而上哭着拥抱我，而我也流下了激动的泪水。其实这首歌很简单，没有华丽的语言，旋律也算不上好听。歌中描写的都是最普通的学校生活，那些我们在一起学习生活的画面、我们一起去游玩的画面、我们一起开怀大笑的画面、我们争吵的画面、我们运动会一起拼搏的画面以及我们两年间一起走过的点点滴滴。我希望当他们在迫切盼望长大的时候，能有个人帮他们记录下每天发生的最平凡却最珍贵的生活，不为别的，只为有一天他们回想起初中生活的时候，能感念曾经有那么一个年轻的女老师陪伴他们走了三年，为他们写了一首简单的歌。但愿当他们哼起这段旋律时，初中生活能像电影一样在脑海中显现出来。

其实父母的爱和老师的爱一样，很平凡，就是体现在孩子每天的学习、生活上，就是在孩子累的时候给一句暖心的问候，就是渗透在每天生活的点点滴滴中，很不起眼却深沉厚重，看似轻于鸿毛却重于泰山。

感谢学校给我这个机会，让我能跟孩子们有一个深层次的交流，能够淋漓尽致地表达一个老师对学生的情感——

有时打败困难的不是石头，而是微笑；有时能使人流泪的不是疼痛，而是一句温暖的问候。

写给青春的信

——“青春一封信”十四岁生日主题班会有感

北京市京源学校教师　郭锐

“我身为一位教育者，我会欣赏我的学生，不会放过每一个能表扬学生的机会，而我作为母亲，为什么就不能好好欣赏一下自己的孩子呢？我的忙碌成了借口，我忽视了与孩子心灵的交流，是这次十四岁生日主题班会让我和孩子重新找到了那份心心相通的默契，找回了藏于心底的那份感动。”

“不记得从什么时候开始，我不愿意搭理爸妈，觉得他们啰唆唠叨，可是当我细细读完妈妈写给我的厚厚的信，才知道他们对我的爱是那么深厚，而自己却是如此浅薄……”

这是“青春一封信”十四岁生日主题班会后学生和家长写下的感受，一封信敲开了彼此紧闭的心扉。而家长和孩子紧紧拥抱在一起的场景如今还一遍遍浮现在我的眼前，当时会场的气氛是无比的温暖，将太多太多不愉快的过往都化解掉，我享受那美好的时刻。

作为这次班会的设计者，我一次次思考：我可以做些什么？德国哲学家雅斯贝尔斯说：“教育意味着一棵树摇动另一棵树，一朵云推动另一朵云，一个灵魂唤醒另一个灵魂。”那么我想，师者就要“用心灵去赢得心灵，用人格去塑造人格”。然而，想走进一个人的心里，去感动他、唤醒他、赢得他、塑造他，是一件多么不容易的事情！该如何走进孩子的心里，读懂孩子呢？

十四岁生日主题班会是一次宝贵的教育契机，但是我不能生硬地给它披上教育的外衣，我们把“在路上……”作为班会的主题，这恰恰可以实现我们对生命、生活的诠释，这是一条为人父母的路，为人子女的路，为人师的路……作为班主任我也选择了用写信的方式搭起和孩子们交流的桥梁。

我也尝试用读信的方式敲开孩子们的心门。我尝试用十四岁的孩子的目光去看世界，尝试去理解十四岁的孩子心里在想些什么。我明白，十四岁是一个美丽的年龄，是一段如花绽放的时光，他们蓬勃的生命吹响了独立的号角，他们开始挑战权威，开始向周围说“不”。然而他们的内心柔软而敏感，期望认可和赞扬，他们用重重壁垒保护着他们的脆弱。正襟危坐的说教和单纯讲道理已经不足以撼动他们的堡垒，硬碰硬会让壁垒越来越坚固。作为教育者，我们需要平和地去了解和理解他们，教育要变得温润如春雨，一点点渗入他们的内心。

其实在这之前的暑假里，我们在班里就举行过一次“写给亲爱的你”的活动。班里同学之间互相写信，开学后每个人都会收到包括我所写的在内的三十封信，我也收到了孩子们写给我的信。那一次班会上，我们一起读信，班里氛围是温暖、温馨的，我们之间的心灵距离是那么近，彼此之间充满感动和爱。

因此，我决定在这次班会上再次“写给亲爱的你”。那些天里，我每天晚上都坐在电脑旁，打开美丽的信纸，仔细思考今天要给哪位同学写信。我就这样写下一封封用朋友口吻展开内容的信，我的信里没有说教，没有高高在上的姿态，而是用心去捕捉每个孩子打动我的地方，写下我和他或她的共同回忆，记录点滴的细节。我在信里向每个孩子传递我的真诚和信任，我期望他们能感受到我的真诚和良苦用心。

三十封信，万余字，那些天的每个晚上我内心都是充满了温馨和爱的。当我在班会上拿出给每个孩子的信，把它交到每个孩子手上时，我看到了父母们眼里的感激，孩子们眼中的感动。我不知我是否可以赢得孩子们的心，不知是否可以塑造他们的人格，但是我相信，只要我们能够真诚付出，让教育变得艺术，让教育渗透在每一个平常的时刻，那就是教育者的一种成功。

这三十封信，并不是刻意要达到某种教育目的，而是帮我敲开孩子们的青春之门，是我和孩子们共度青春时光的开始。我要去做孩子们身边那个会陪伴、引领、分享的老师。如果一个教师的教育是包容的，是温柔的，那么收获也必将丰盈。

父爱如山

——十四岁生日主题班会，我读了写给父亲的一封信

北京市京源学校教师　张丽英

十四岁生日主题班会有一个讲故事的环节，讲述十四年来父母留给自己的感动瞬间或美好回忆。看着孩子们写的一个个小故事，画的一幅幅图画，也勾起了我对父亲的思念和回忆。我对办公室的老师说：“我的童年很难忘，特别快乐，我爸爸对我可好了，留给我的感动太多了。现在一想起他眼前马上就会出现一幕幕场景：每当冬天早晨醒来，第一眼看到的是那窗户上结满的冰花，转头再看见的就是爸爸蹲在炉子旁边给我们姐妹烤棉裤，他时而还搅一下炉子上熬着的粥……”我刚讲到这里，就被旁边的刘老师打断了，她说她刚听几句就被感动得流泪了。我想：十四岁的孩子们都在讲童年故事，如果我把我的童年故事讲给孩子们听，讲讲爸爸对我的好、我对爸爸的思念以及我的一些遗憾，对孩子和家长们来说应该有所启发吧？于是我就拿起了笔，写了下面这封信，并在十四岁主题班会上读给了班里的孩子和爸爸妈妈们。

各位家长，同学们，你们好！

刚才听了孩子们的信，也引起了我对我父亲的思念。我也给父亲写了一封信。读信之前，我先介绍一下我的家庭。我们姐妹四个，我排行老三，或许是我比较聪明伶俐吧，感觉姐妹中爸爸最喜欢的是我。爸爸一生都为我们这个家操劳着。因家里没有男孩，他又不肯让母亲太辛苦，所以

家里大部分的活都是爸爸一个人承担着。我十几岁时，爸爸在单位工作时被砂轮打到了腰，他怕耽误工作，所以还没恢复好，就急着上班了（现在想想，他肯定是担心不上班就会少挣钱，就不能给我们买好吃的，所以不得已才带病工作的吧）。终于有一天，他病倒了，早早地离开了我们。在我记忆深处，爸爸给我及这个家留下了太多太多美好的回忆。信的正文：

爸爸，我想你

爸爸，您好吗？今天是我们"青春一封信"的班会活动，每个孩子都为他们的爸爸妈妈写了一封信以表达对父母十四年来的养育之恩的感谢，看到他们的信，也唤起我对您的思念，使我想起了和您生活的二十一年中的点点滴滴。

冬天的早晨

爸爸，每当冬天早晨我醒来，看到的是那窗户上结满的冰花，转头再看见的，就是您蹲在炉子旁边给我们姐妹烤棉袄、棉裤的背影，时而还搅一下炉子上熬着的粥。有时还会看到您吸上几口烟，现在想来那也是最廉价的烟吧？因为您把所有最好的东西都给了我们，从不肯为自己多花一分钱，吸上几口烟也许能为您减轻一些生活上的压力吧。

爸爸上班前

每当听到爸爸您推车要去上班了，我马上会追到车前，喊上一声："爸。"您则会从口袋里掏出三五分钱放到我手里，等我攒到 8 分钱时，放学后就会跑到学校附近的小卖部买回我最爱吃的蜜排叉。现在想想，您从未因我向您要钱而生气，您给我的每一分钱都饱含了您对我深深的爱。

吃饭

每当吃饭时，总会听到您说："吃菜，吃菜，你们怎么光吃饭？"说着就会往我们的碗里不停地夹菜。再看您的碗里，许多时候吃的都是昨天的剩饭——也许这也是父亲身体不好的原因吧。

零食

小时候，每天最期待的就是您下班，因为您每次回来都能给我们姐妹带回些好吃的：甜甘蔗，关东糖，小饼干，哪怕只有几块糖或一些处理的水果，您也总忘不了给我们买回一些。有时候都要上床睡觉了，我说一句

“爸，我想吃饼干”，您就会以最快的速度跑去拿给我。爸爸的爱“害”得我早早就有了很多颗虫牙。

睡觉前

睡觉前，您总会为我和妹妹洗脚。您为我擦完脚再把我抱到床上时的瞬间是最温暖的，也是我记忆最深刻的。感觉在爸爸怀里真是幸福。

周末休息

冬天周末休息时印象最深的就是起床后，和您一起把大白菜一棵一棵晾到房顶上，晚上再一棵棵拿回来。小时候家里烧的是煤炉子，每月都需要买煤，这也是我最幸福的时刻了，因为每次您都会把我放到借来的小推车上，推着我从杨庄走到八角。天气热的时候，您还会为我买上一根冰棍，我边吃边跟爸爸聊着……闲下来的时候，您还会骑车载着我去西下庄那边玩，一路会有不少收获，挖到一些花生、白薯，捡到一些胡萝卜……太美好了！

我生病时

我生病时，是爸爸您最着急的时候了。每次发烧您都会把我搂得紧紧的，捂得严严实实，好让我多出汗，快点好。初中时，医生怀疑我得了肺结核让我住院，不让家属陪护。您看到我一个人住在空荡荡的病房里哭了，担心我害怕，就用报纸把所有的窗户都糊上。每天下班，您都第一时间来看我，给我带来可口的饭菜和水果。

爸爸病了

由于您过度操劳，病倒了。可是为了我们能安心地学习，您从来没有给我们增加一点负担，住院也不让我们去看您，找理由说女孩子家去不方便。

由于手术后没及时化疗，癌细胞很快就扩散了。看着日益消瘦、疼痛难忍的您，我们很是心痛，但您在我们面前还是忍着疼痛，不轻易叫一声。这就是您，我的父亲。

后悔

爸爸您离去的那一天，晚上我不知不觉又一个人走到了医院，想到爸爸一个人躺在太平间那冰冷的柜子里，那么冷……一旦失去了一个人，才知他的珍贵。我是多么后悔啊，为什么不早点懂事？没有给您洗过一次脚，没有为您夹过一口菜，没有给您买过一盒好烟，您生病时没有多上医院看您几次，让您少为我们操点心……现在我挣钱了，每当看到老年人的服装时，我都在想，爸爸穿上这个衣服肯定特帅，戴上那顶帽子肯定特暖和……但一切都晚了。爸爸，期望您在那边过得好，来生我还做您的女儿。

爱您的女儿：丽英

孩子们，也许你的父母所作所为并不能使你感到满意，他们不让你玩游戏，每天在你耳边啰唆，有时甚至还骂你，可是他们是你的父母，是他们带你来到这个世界上，他们永远是这个世界上最爱你的人。用你全部的心去爱他们吧，为爸爸倒杯水，为妈妈洗次脚，削个苹果给他们吃，记住他们的生日，让他们知道你有多么爱他们。

信读完了，在场的每个人都哭了。会后好多家长发微信说班会很成功，他们很感动，很受启发，很感谢学校提供这么好的一个平台使孩子、家长、老师能做心与心的交流。特别是我和他们分享的我和父亲的故事，让他们很感动。而孩子们都表示从现在起就要珍惜和父母在一起的时光，尽量体谅父母，理解父母对他们的“苛刻”，孝顺父母，不留遗憾。通过这次班会，这封信，也拉进了我和家长及孩子间的距离，家长更信任老师，孩子也更懂事、听话了。感谢十四岁生日主题班会！

感念恩情，同塑青春

——京源学校97级初二（5）班十四岁生日主题班会设计方案

北京市京源学校教师　何越鸿

【班会目标】

借十四岁集体生日之际，让父母与孩子沟通感情，加深理解。引导孩子对师长、集体、社会常怀感激之情。引导他们珍惜时间、热爱生命、不怕吃苦，引导他们踏踏实实迈好青春第一步。

【班会主题】

感念恩情，同塑青春。

【活动时间】

1998年12月4日（17：40—19：20）

【主持人】

张莹（Y）　齐文默（M）

【班会现场】

（一）开场

（播放钢琴曲。）

Y：童年好像一支悠远的歌，我是那跳动的音符，纵情欢乐！

M：少年好像一首欢快的诗，我是那优美的诗句，永不褪色！

Y：就在不经意中，天真烂漫的岁月已经悄悄地溜走，我们一天天长高了，在人生的旅途上，我们已度过了十四年的美好时光！

M：十四年啊，弹指一挥间，岁月编织的皱纹已悄无声息地爬上爸爸妈妈的脸庞！

Y：深情的往事在诉说，我们幸福，有爸爸妈妈十四年如一日的爱护相伴，我们感念父母恩情！

M：美好的未来在召唤，我们激动，当我们站在人生又一条起跑线上时，有爸爸妈妈和老师们与我们共同塑造美好的青春！

Y：京源学校初二（5）班“感念恩情，同塑青春”十四岁生日主题班会——

合：现在开始！

M：首先，让我们以热烈的掌声欢迎前来参加我们生日班会的领导、老师和爸爸妈妈们！

（二）共同回忆美好童年

（播放钢琴曲。）

Y：同学们，当我们聚到一起参加十四岁生日主题班会时，心里都在想些什么呢？

M：还留恋童年无忧无虑的生活吗？还记得那一件件快乐的往事吗？

Y：就让我们随着这一个个似曾相识的画面，和爸爸妈妈一起，去回味、去分享心中美好的记忆吧。

M：我们每播放出一张照片，就请同学们一起猜照片上的小朋友是谁，然后请照片的主人公跟大家说几句心里话。

（投影照片，主持人采访。）

Y：因为时间关系，许多有趣的童年故事我们在此不能一一了解了。大家有时间可以欣赏教室外的展板，在那里还能感受到许多美好的瞬间。

（三）表达内心感激之情

（播放孙悦歌曲《感谢你》。）

M：回首往事，点点滴滴，好像就发生在昨天。看到这些熟悉的照片，我们都不禁回忆起那轻松快乐、天真无忧的童年。

Y：我们幸运，在成长的路上，有父母长辈无微不至的爱，有老师的谆谆教诲，有同学们的互相帮助，还有来自陌生人的关怀！

M：十四年来，我们已过了好多次温馨的生日。今天，是我们告别少年时代走向青年时代的转折点，在这个特殊的日子里，我们感谢生活，感谢生命！

Y：我们感念十四年来所受到的温暖和关怀。下面，我们来听一听同学们的心声。

（主持人采访几位学生。）

Y：感谢各位同学发自肺腑的心声。让我们用清新的音乐、优美的舞姿，向所有关爱我们的长辈、老师表达内心的感谢之情。请欣赏刘卉同学的独舞《戏雪》。

（刘卉表演独舞《戏雪》。）

（四）学生看信、与家长交流

（播放钢琴曲。）

Y：是啊，树高千尺也忘不了根，古往今来，该有多少表现亲子之情的动人故事，多少歌颂父母之爱的名篇佳作！

M：朱自清先生曾满怀深情地回忆父亲不辞辛苦为他买橘子时那“微胖的灰布马褂”的背影！

Y：冰心老人也曾这样写道：“母亲啊！你是荷叶，我是红莲，心中的雨点来了，除了你，谁是我在无遮拦天空下的荫蔽？”

M：我们爱爸爸妈妈，爸爸妈妈更爱我们，我们还没有出生时，爸爸妈妈就已经对我们有了深得不可再深的感情。

Y：在我们成长的过程中，每一顿香甜可口的饭菜，每一件带着温暖的毛衣，每一次风雨中、站台下、校门口焦急的等待，都渗透着爸爸妈妈的艰辛。

M：如今我们已经长大了，就要告别童年，抚育我们成长的爸爸妈妈也一定是酸甜苦辣各种滋味涌上心头。

Y：也许，爸爸妈妈能向我们展示内心最深沉的感情的，也只是那一次次的背影？

M：也许，我们都不善言辞；也许，我们缺少真正敞开心扉的对话。

Y：那么，此时此刻，就让我们轻轻开启手中沉甸甸的信封，听一听爸爸妈妈的心里话，默默体会一下十四年的亲子之情。

（播放萨克斯曲《回家》等，学生看信。）

Y：十四年，在浩瀚的生命长河中，只是沧海一粟，十四年的经历，却是我们记忆中的珍宝！

M：十四年里，有幸福的期待、美好的憧憬，也有痛苦的记忆、辛酸的往事，此时此刻爸爸妈妈心里也一定是感慨万千。

Y：就让我们敞开心扉，不再隐藏内心的真情，尽情倾诉自己的心声吧！

M：首先，我们请李璇同学的妈妈为大家朗读她写给女儿的信。

（播放歌曲《鲁冰花》《烛光里的妈妈》。李璇同学的母亲读信，主持人采访李璇。）

Y：下面，我们想请爸爸妈妈和同学们谈谈内心的感受。

（主持人采访部分学生及家长。）

（五）父母赠送生日礼物

（播放钢琴曲。）

M：情与情的交融、心与心的沟通，父母的恩情比海深！我们心手相连，血浓于水，心内感念，一时无言！

Y：爸爸妈妈，感谢你们十四年紧握我们的手，一刻不曾放开的温暖的爱！

M：请相信，因为有你们的恩情相伴，我们会踏踏实实迈好青春的每一步！

Y：青春，一个神圣而美丽的名字；十四岁，我们步入青春的第一步！

M：我们激动，我们向往，我们将奔向人生又一个美丽的季节！

M：今天，是一个有纪念意义的日子。十四岁，是一个人结束少年时代、步入青年时代，成长为青年人的标志，对我们一生来说，将是一个新的里程碑！

Y：爸爸妈妈每一天都在关注我们，在今天这个特殊的日子里，爸爸妈妈又为我们精心挑选了深情而有意义的生日礼物，我们一定会永远珍藏！

M：请同学们打开手中的生日礼物，细细体会其中的深情和意义。

（学生看礼物、思考，主持人随机采访。）

（六）家长致辞

Y：明天，我们就要踏上美好的青春之路，在启程的日子，在这激动人心的时刻，让我们以热烈的掌声欢迎一位同学的家长代表全体家长为同学们的十四岁生日致辞！

（请一位同学的家长致辞。）

（七）学校领导赠书讲话

M：在这特别的日子里，学校也为我们带来了特别的生日礼物，有请白书记！

（白书记代表学校赠书《人生奠基石》（一套十本）并讲话。）

Y：下面，我们请石涵同学代表我们全班同学为大家献上一支钢琴独奏曲，以感谢爸爸妈妈、感谢学校、感谢老师！

（石涵同学演奏钢琴曲《前奏曲》。）

（八）班主任的致辞

M：同学们，此时此刻大家一定想知道，我们的大姐姐、大朋友、班主任何老师，在这不同凡响的日子，给我们带来了什么生日礼物吧？

（班主任致辞、朗诵《〈青春万岁〉序诗》；《生日快乐》音乐声起。）

（九）点蜡烛、切蛋糕、唱《生日快乐》歌

何：同学们，听！熟悉的音乐响起来了，今天我们特别邀请丛政同学的妈妈和林磊同学的妈妈为大家切生日蛋糕。

（家长代表切蛋糕。）

M：让我们点起手中的生日蜡烛，在烛光中，我们和爸爸妈妈一起来唱这支《生日快乐》歌！

Y：我来给大家读一下蛋糕上特为我们设计的祝福：再见，童年；你好，青春！

（学生传点蜡烛，唱《生日快乐》歌。）

（十）结束

合："感念恩情，同塑青春"十四岁生日主题班会到此结束。

（学生、家长共吃生日蛋糕，自由交流，班会结束。）

青春礼赞

——京源学校初二（2）班十四岁生日主题班会设计方案

北京市京源学校教师　王珏

【班会主题】

青春礼赞。

【班会目的】

帮助家长与子女进行沟通。

【班会重点】

1. 学生与家长的心灵沟通。

2. 帮助学生树立自己的学习目标，从思想上去激励他们。

【班会难点】

1. 个别学生的帮助与转化。

2. 此次班会所起的作用的后继性。

【班会准备】

1. 在班会召开前近两个月召开家长会，使家长明确此次班会的目的与意义并给予重视，并请每位家长给自己的孩子写一封信，内容可以是回顾孩子的成长过程、与孩子谈谈心、一些对孩子的期望等（要求家长在一个月后交给班主任）。

2. 在班中召开班委会，向班干部说明此次班会的意义与目的，让他们思考如何召开，并发动全班学生出谋划策。

3. 多次召开班委会，基本定出班会的几个板块，并开始布置细节工作；写班会串词、定节目、制作电脑课件等。

4. 让全班学生每人给家长也写一封信，写一些平时由于种种原因想跟家长说却又没有说的心里话。

5. 班主任在征求家长和学生同意的前提下阅读一部分信件，挑出其中有代表性的，请家长或学生在班会上朗读。

6. 班主任多次审查学生的班会准备工作后进行彩排，布置会场，发给家长邀请信，邀请家长来参加班会。

【班会现场】

（播放录音，每个学生用一句话形容自己。）

A：在奶奶眼中，十四岁的我们是一棵茁壮成长的小树。

B：在妈妈眼中，十四岁的我们是朝气蓬勃的春天。

C：在姐姐眼中，十四岁是甜中带涩的苹果。

D：在爸爸眼中，十四岁是青春燃烧的岁月。

A：十四岁是阳光灿烂的年华。

B：十四岁是花蕾初放的时节。

C：就让我们为这美好的十四岁唱一曲“青春礼赞”！

D：京源学校初二（2）班“青春礼赞”十四岁生日主题班会——

合：现在开始！

第一乐章　童年如梦

（背景：女生小合唱《天黑黑》。）

A：童年，好像一支悠远的歌，我是那跳动的音符，纵情欢乐。

B：少年，好像一首欢乐的诗，我是那优美的诗句，永不褪色。

A：就在不经意中，天真烂漫的岁月已悄悄地溜走。

B：猛然回首，我发现童年的快乐，至今令我留恋。

（大屏幕放映学生小时候的照片。）

C：我们告别了童年，我们告别了少年，正沐浴十四岁融融的春光。

D：鲜艳的红领巾即将被摘下，甜美的记忆在心中收藏。

C：青春的航船就要起航，让我们把十四岁前的时光回望。

D：在我们迈进青春门槛时，你是否还记得那一件件往事？

（播放马帅、王烨南小学老师和小学同学的受访录音。）

第二乐章　青春如火

A：当我们在雨中跌倒时，青春的激情让我们重新站起。

B：当我们被困难吓倒时，青春的活力为我们重振士气。

A：面对荆棘丛生的险地，我们从不逃避。

B：因为，十四岁的我们不认输。下面请听李丽君、徐聪表演诗朗诵《十四岁的我们不认输》。

（配音《音乐盒之舞》。）

C：时光飞逝，岁月如梭，转眼间，已十四岁的我们早已是亭亭少女、翩翩少年。

D：是妈妈用花白的鬓发给了我们宽广的心胸，是妈妈那眉心的皱纹给了我们高尚的情操。

C：亲爱的妈妈，您为了我们的成长付出了多少心血，付出了多少汗水和辛劳。

D：一幕幕往事值得回首，妈妈的爱永无尽头。

（学生边欣表演小短剧《妈妈的爱》，配乐《烛光里的妈妈》。）

A：妈妈的爱那么深沉，但由于我们与母亲的交流太少，有时根本体会不到那伟大而深沉的感情。

B：其实，我们也深爱着妈妈，也许因为我们不善言辞，所以从未亲口表达过，使得妈妈也许并不能真的了解我们的情感。

A：在孩子与长辈之间，沟通是多么重要啊！

B：只有彼此了解，才会彼此理解，才能架起心与心的桥梁。

（王雪飞家长谈与孩子的沟通问题。）

C：可怜天下父母心，在我们成长的过程中，父母多少次为我们做好可口的饭菜等待我们的归来，多少次为我们编织厚厚的毛衣，多少次风雨中、站台下、校门口焦急地等待。

D：也许父母能向我们展示他们内心最深沉感情的，仅仅是妈妈的叮咛与唠叨、爸爸的微笑与慈爱的眼神。

C：十四年来，父母的关爱时刻温暖着我们的心扉。

D：十四年来，父母的关爱时刻伴随着我们成长。

C：在今天这个特殊的日子里，爸爸妈妈一定有不少话语想对我们倾诉，让我们共同来聆听他们对我们的期望与叮嘱吧！

（钱雯欣与刘潇的家长读信，学生分别谈感受。）

A：十四岁啊，弹指一挥间，岁月的皱纹已悄悄爬上爸爸妈妈的脸庞。

B：十四年了，父母的关爱与期望时刻伴随着我们成长。

A：我们感念父母给了我们最宝贵的东西——生命，感激父母十四年来的养育之恩。

B：这份情感也许我们从未表达过，但它一直在我们心头激荡。今天就让我们用心去宣读那份爱的宣言。

（支彦惠同学和王新宇同学读写给家长的信。）

C：也许我们都不善言辞，也许我们都缺少真正敞开心扉的交流。

D：那么，此时此刻，就让我们轻轻开启手中沉甸甸的信封，用心读一读父母的心里话，默默体会十四年来的亲子之情。

（家长与学生互换信件，背景音乐起。）

A：那不是普通的一封信啊，那是父与子心与心的对话。

B：那不是简单的白纸几张，那是母与女爱与爱的歌唱！此刻，就让我们点燃手中的蜡烛，向我们的父母说一句心里话。

（学生点燃手中的蜡烛，依次向自己的父母说一句话，最后集体向父母说“亲爱的爸爸妈妈，你们辛苦了！”。）

C：看了爸爸妈妈的信，我们的心被爱包容着！

D：看了爸爸妈妈的信，我们激动得泪流满面！

C：这不是串串普通的泪珠，而是因为长大，因为幸福才流下的泪。

D：但仅仅只有感激、泪水是不够的，长大的我们就要学会脚踏实地去奋斗！长大的我们要用双手去描绘未来的七色彩虹般的人生。

第三乐章　未来如虹

A：我们已步入十四岁，十四岁是阳光灿烂的年华，是花蕾初放的时节。

B：十四岁的我们拥有金子般耀眼的妙龄，十四岁的我们进入了五彩缤纷的季节。

A：青春以它特有的活力为我们插上理想的翅膀，披起梦的衣裳。

（学生魏珑、时璇、张灏宣读自己的理想。）

（采访王雪飞、卢斌。王雪飞送母亲一幅素描画，卢斌单簧管演奏《登山》。）

C：小时候，最爱听爸爸妈妈给我们讲故事。今天，王牧同学的妈妈也给我们带来了几个小故事，说的是什么呢？听听吧！

（王牧的妈妈讲《闹钟的故事》《狮子与羚羊》。）

D：今天，李丽君的父亲给我们全体同学带来了一份特殊的礼物，我们掌声欢迎他给我们朗诵一首诗《做最好的自己》。

（李丽君的父亲朗诵《做最好的自己》。）

A：十四岁，生活里充满师生情谊，欢声笑语；十四岁，生活里密布青春气息，真挚友谊。

B：十四岁，无论成功失败，都要相信自己；十四岁，只要努力奋进，荣誉必将属于你！请听演讲《我找到了生命的意义》。

（学生刘潇演讲《我找到了生命的意义》，背景音乐《月河》。）

A：让我们点燃十四岁的生日蜡烛，点燃我们未来的希望。

B：今天，王老师也给我们带来了一份特殊的礼物，让我们来看看是什么。

（班主任讲话，送礼物。）

A：下面请校领导讲话并为我们切生日蛋糕！

（校领导讲话，切蛋糕。）

（全体小合唱《相亲相爱》。）

合："青春礼赞"初二（2）班十四岁生日主题班会到此结束！

（学生为家长送上蛋糕，自由交谈。）

【会后感想】

班会后，许多家长和学生都反映此次班会开得很好，他们之间进行了一次心与心的交流，很受感动。我在开班会过程中也好几次感动得流下了眼泪。班会结束后，我进行了反思。

此次班会较为成功的原因有以下几点。

1. 充分发动学生，放手让他们做。学生本就想象力丰富，动手能力强，借此活动也培养了学生的合作与创新能力。

2. 家长的支持。家长非常支持此次活动，认为活动的开展很有必要，因此参与热情很高。

3. 互相交流。两个班在召开班会后，校领导及时把班主任们召集到一起，互相交流经验，讨论发现的问题，这给了我很大的启发与帮助。

此次班会我最突出的感受是：要充分挖掘学生的潜力。在这次的班会准备过程中，学生展示出了他们丰富的想象力和过人的聪明才干。比如，张京同学想出了一个小板块"他们眼中的我"。我们选择几个平时存在问题的学生，再由其他同学找这些同学的小学老师或同学，请他们分别说一件这几个同学小学时给他们留下印象最深的一件事，并表达对这些学生的期望与祝福，然后录下来在班会上播放，以激励他们今后好好学习。班会主持人的串词也是完全由学生执笔，这些词既辞藻优美而又满含深情，为班会增色不少。这类事还有很多，使我感觉到在今后的工作中应不断挖掘学生的潜力，更多地给他们发挥自己创造力的空间，激发他们的创新精神。

此次班会活动的失误之处：在开始准备班会时，总想着要充分发挥学生的创造力，于是什么事都交给学生去做，但一段时间后审查时才发现与自己期望的相差很远。反思之后我明白了，确实不能忽视学生的创造力，但他们毕竟还是孩子，很多想法不够成熟，而且他们也存在着一定的惰性，需要成年人给予指导、帮助和督促。于是我便开始与学生一同进行班会准备工作，并制订出每天应完成的工作计划，与他们商量每一个细节如何实施，适时地给予他们帮助，果然事半功倍。

这次班会让我获得了许多经验，也得到了成长和锻炼。我相信，以后的活动我们一定能组织得更好！

追忆，珍惜，憧憬

——京源学校99级初二（5）班十四岁生日主题班会设计方案

北京市京源学校教师　安丽萍

【班会主题】

追忆，珍惜，憧憬。

【班会目标】

通过这次班会，使学生正确认识青春期的心理、生理特点，以帮助他顺利度过青春期。使学生懂得珍爱青春，懂得父母的养育之恩、舐犊之情，懂得感恩、回报，能主动承担起对父母、对师长、对社会应尽的责任，为整个中学阶段乃至一生打下良好的基础。

【活动时间】

2000年12月14日下午

【班会准备】

1. 动员全班学生积极投入到这一活动中来，并献计献策。

2. 召开年级家长会，动员家长，学校领导向家长说明此次活动的目的和意义。要求家长给子女写一封信并准备一件有纪念意义的生日礼物，班主任进一步明确活动的内容、形式，并争取家长的帮助与支持。

3. 确定主持人。

4. 有关人员召开会议，设计活动方案。

5. 班主任在阅读完家长来信后，确定选出家长代表，并与之联系。

【主持人】

白雪（A），王伟（B），李思（C），陈紫千（D）

第一部分　追忆童年

（播放录像。）

A：一声响亮的啼哭，唤起了那久已尘封的记忆，十四年前的某一天，妈妈在经受了一番艰难痛苦之后，迎来了一个美丽天使的诞生。

B：一声声的啼哭好似一串串跳跃的音符，汇集成一支最动人的旋律，妈妈说那是她听过的最美的音乐。

C：从此，一个稚嫩的生命在朝阳的沐浴下，雨露的滋润里，一天天成长，竟在不知不觉中步入了一个多梦的时节。

D：十四岁的少年将青春的面纱轻轻撩起。朋友，你是否已感觉到它那芳香的气息正迎面扑来？是否已触摸到它跳动的脉搏如此强劲有力？

A：青春是一首无言的诗，我们陶醉于诗情画意中。

B：青春是一段快乐的舞，我们沉醉在美妙的舞步中。

C：青春是一串风铃，时刻愉悦着我们的心灵。

D：青春是一首歌，永远催人奋进。

A：我们有太多的赞美要赋予青春。它带着五彩缤纷的幻想和对未来的憧憬，正悄悄地从娇艳的花丛中，从嫩绿的小草中，翩然来了——十四岁，已走近少年的我们。

合："追忆，珍惜，憧憬"，京源学校初二（5）班十四岁生日主题班会现在开始！

B：首先让我们以热烈的掌声欢迎所有到场的来宾。

合：亲爱的老师、同学、爸爸妈妈们，你们好！

C：今天我们欢聚一堂，共祝我们十四岁的美好时光。

D：翻开相册，追忆往昔，一张张充满童趣的照片是父母用爱拍下的动人画面。

A：先让我们来猜猜照片里的娃娃是谁，他又有一个怎样幸福的童年。

D：让我们伴随着美好的回忆，重温那无忧无虑的童年，说说照片背后的故事，谈谈十四年来父母点点滴滴养育之恩。

（看照片说童年；听小合唱《童年》。）

B：时光飞逝，转眼间，照片里的娃娃已长成如今的花季少年。那是妈妈用甘甜的乳汁哺育我们长大，那是爸爸有力的臂膀给了我们成长的勇气。

C：十四个春夏秋冬，寒来暑往，是妈妈的叮咛与唠叨伴我们上路，是爸爸的慈爱微笑迎我们回家。

B：当我们就要告别无忧无虑的童年去拥抱青春的时候，当我们说要去品味人生，感悟生命的时候——

C：爸爸妈妈那浓得化不开的爱里，不仅有祝福、嘱托与期盼，更多了几分担心、焦虑与牵挂。那就让我们一起去感受一位妈妈的爱吧！

（戴佳月的家长读信，配乐《爱的奉献》。）

第二部分　珍惜现在

A：这是一位母亲奉献给女儿最真挚的爱，这不禁使我想起了我的妈妈。我家那小小的阳台，是妈妈守望的港湾；风雨中的车站，总有妈妈焦虑的等待；回家了，餐桌上可口的饭菜，是妈妈精心的安排。

D：但变得愈加叛逆和自我的我们，常常惹妈妈生气，不懂得去珍视这份情感。今天，我们的爸爸妈妈来了，和我们一起庆祝十四岁的生日，就让我们用真情去感受真情，用心灵去呼唤心灵吧。轻轻拆启你手中那沉甸甸的信封，你能否读懂这爱的心语？

（学生读信，配乐《懂你》。）

（主持人采访学生及家长。）

C：这不是一封普通的信啊！那是父与子心与心对话。

D：那不是简单的白纸几张，那是母与女爱与爱的歌唱。

A：想想我们以前的任性、乱发脾气，常使爸爸伤心，妈妈落泪。我们为自己的幼稚无知感到懊悔。

B：今天，我们懂事了，长大了，我们要用赤子之心回报你们的养育之恩、舐犊之情。

C：纵有千言万语，也诉不尽父母对儿女的眷恋与期盼，这份情感已化作了清风雨露，滋润着我们的心田。

D：父母用爱撑起的那片蓝天，是我们放飞理想的空间。

A：十四年的哺育，已将我们送进青春港湾。

B：十四年的爱，已鼓满那即将扬起的风帆。

C：你们的叮咛与嘱托，我们会记在心上。

D：你们的期盼与希望，我们会以行动来实现。

A：我们知道，人生的旅程会有风雨，理想的路上也会布满荆棘，但我们更知道，不经历风雨怎能见彩虹！

B：不论人生的路有多长，都走不出你们的牵挂与不舍的目光。

D：有了你们爱的支持，将使我们坚不可摧。请听诗朗诵《十四岁，我在想》。

第三部分　憧憬未来

A：当淡淡的晨曦洒向大地，我们携手迈向青春，从童稚走向成熟。当柔柔的微风吻在脸上，我们跨进了青春的门槛，学会了理解、感激和珍惜。

B：当生命历程的花季向我们绽开笑脸，我们以浪漫的憧憬拥抱未来。请听小合唱《我们与未来有约》。

（合唱过程略。）

C：当我们沉醉在这美妙的音乐中，我们又怎能忘记我们肩负的责任。下面有请班长戴佳月代表全班同学献辞。

（戴佳月代表全班同学朗诵献给父母的诗。）

D：同学们，让我们以恋恋不舍的心情，向幸福的童年挥手作别，以赤子般的真诚迎接这火红的青春，以理性的思考承担起明天的责任。在今天这个特别的日子里，爸爸妈妈的祝福会让我们永远珍藏。下面就请蔡锐的妈妈为我们致青春贺词。

（蔡锐的妈妈致辞。）

D：与我们朝夕相处的安老师也为我们送来了一份特别的礼物。

（安老师讲话并赠送礼物。）

A：记住这一天吧，就让十四岁的里程碑承载我们美好的希望吧。为此，我们准备了一本精美的纪念册请将你们的心声永远地珍藏在这里。

（学生签名，留言。）

B：也许再过五年、十年、二十年，我们会再来重温这十四岁的梦——

合：那将是最美、最难忘的一段回忆。

C：爸爸妈妈还为我们精心准备了生日礼物，让我们接受这美好的祝福吧。

（家长赠送礼物，接受采访。此项活动配曲《天下的妈妈都一样》。）

A：看，生日的蜡烛已点燃；听，生日的颂歌已唱响，让我们闭上双眼，许下一个心愿。

D：最后请家长和同学代表为我们切生日蛋糕。

（切蛋糕，配曲《生日歌》。）

合：初二（5）班“追忆，珍惜，憧憬”十四岁生日主题班会到此结束！

（家长和学生自由交流。）

门　槛

——京源学校00级初二（5）班十四岁生日主题班会设计方案

北京市京源学校教师　简道寅

【班会目的】

让学生了解十四年来家长的含辛茹苦，帮助学生迈好青春的第一步。加强父母与孩子之间的沟通与理解，引导学生学会珍惜时间，懂得青春的宝贵，培养他们不怕吃苦，敢于面对现实的品质。激励学生树立远大理想，把握青春的大好时光，努力学习，积极进取，奋发向上，做有理想、有道德、有文化、有纪律的一代新人。

【活动时间】

2001年12月

【班会准备】

1. 活动前召开家长会，向家长宣讲此次活动的目的和意义，请家长和孩子分别给对方写一封信并准备一份有代表性或纪念意义的礼物。

2. 准备好录音、配乐、照片及活动所需材料和各种道具。

3. 部分学生准备节目。

4. 阅读家长及学生来信，从中挑选出有代表性的信件并邀作者发言。

【主持人】

田瑶（田）　杨京菲（杨）

【班会现场】

杨：在这次班会开始之前，首先请大家欣赏一个小话剧。

（学生表演话剧《门槛》。）

田：有心的同学可能会发现，这是我们根据屠格涅夫所写的小说《门槛》改编而成的。在小说中，“门槛”象征的是革命与非革命的界限，在我们的话剧中，“门槛”象征着什么呢？

杨：让我们在这次班会中寻找答案吧！

合：初二（5）班十四岁生日主题班会——“门槛”，现在开始。

田：无声中，我们在慢慢长大。

杨：无形中，我们正渐渐成熟。

田：回忆起美好的往事，心中不免有些惭愧。

杨：回想起辛酸的往事，我们也会偷偷掉泪。

田：童年的一切是那么美好，但它却已离我们远去。

杨：未来，那是一片未知的领域，还等着我们去探索。

田：现在，我们的周围都是一张张朝气蓬勃的脸庞，儿时那充满稚气的脸已留在了精美的相片里，成为我们难以忘怀的记忆。今天就让我们一同去追忆一下美好的童年吧。

（展示学生童年的照片）

杨：一张张照片又勾起了我们美好的回忆，可回忆中也有不快乐的画面。在我们小时候，爸爸妈妈让我们学钢琴、舞蹈……年幼的我们根本不理解父母的苦心，直到我们长大了，才真正懂得有一技之长的好处。在我们获得的每一张证书、每一个奖杯的背后，不仅流淌着我们辛苦的汗水，还有父母辛勤的付出与教诲，它使我们一步步走向成功，走向辉煌。

田：是呀！我们班的能人的确很多，并且都取得了相当优异的成绩。今天就让我们来领略一下大家的风采。请欣赏张天晓同学为我们带来的国标舞。

（张天晓表演国标舞。）

杨：感谢张天晓同学为我们带来如此精彩的舞蹈，我想这与父母的培育是密不可分的。父母给予我们生命，并把我们养大，还辛勤地培育我们有一技之长。十四年风风雨雨的日子，父母对我们付出了所有的关爱，而我们又对父母了解多少呢？下面就让我们同家长做个游戏，看看彼此是否心有灵犀。

（学生和家长做游戏。）

田：人与人之间难免会产生一些摩擦，父母与我们当然也不会例外。下面将表演的是发生在我们身边的一个真实故事。通过这个故事，或许能使我们对父母的爱有更深的认识。

（学生表演短剧。）

田：看了这个催人泪下的短剧，不知大家想到了什么？当剧中孩子做出让父母为难的决定时，大家又想到了什么？当我们做出让父母为难的决定时，又有谁考虑了父母的感受？所以，当我们做出任何决定前，一定要顾及父母的感受，不要出现如剧中这不愉快的一幕。

杨：从我们来到这个世界发出第一声啼哭到十四年后的今天，每一天，每一年，我们成长的脚步声都在父母心中回荡着。对于我们成长的历程，没有谁会比父母更了解。父母已陪伴我们十四年了，但是随着年龄的增长，我们和父母的沟通却越来越少了。今天就让我们借这次班会，来听听家长们的心里话吧。

田：在同学心中，马礼瑶是一个活泼开朗的女孩儿，在父母眼中她又是什么样的呢？

（马礼瑶的家长读信。）

杨：我们有一位电脑高手，思维很敏捷，数学成绩一向不错，他是谁？不知道他的家长是怎样评价他的。

（李迪家长读信。）

田：董宏伟同学一向稳重、腼腆，不知道他的父母又给予他什么样的期望呢？就让我们一起来感受一位母亲的爱吧！

（董宏伟的妈妈读信。）

杨：当我们取得好成绩时，最渴望的是得到爸爸妈妈的表扬；当我们生病时，最常听见的就是爸爸妈妈关切的询问声；当我们和父母发生争执时，总会看见他们失望而无奈的眼神。作为子女的我们，对自己的爸爸妈妈也有很多的真心话想说。让我们一起来聆听一下。

（学生读信。）

田：相信，现在不论是各位家长还是每一位同学，都感到了自己手中这封信的深刻意义。不论父母与子女之间以前曾有过什么矛盾，希望这封信能沟通彼此的心灵，化解矛盾。快让这封爱的信把暖流灌入两代人的心田吧。

（家长与学生互换信。）

杨：这一封封热情洋溢的信解开了多少心结，信的字里行间流露出的真情实感足以打动所有人的心。现在每个人的心情都难以平静，那就让我们来开怀畅谈一番吧！

（学生即兴发挥，畅所欲言。）

田：圆圆的脸庞，胖胖的身体，小纸条是她的秘密武器，在她的带领下，我们班的作文频频出现在《青春心语》上，猜一猜，她是谁？对！她就是老王。王老师也给我们班的一位同学带来了真挚的祝福，下面就让我们一同来倾听。

（听录音。）

田：感受了款款深情，还要树立远大的理想。理想是石，敲出星星之火；理想是灯，照亮夜行的路；理想是路，引你走向光明。每个人都有自己的理想，你们的理想又是什么呢？谁来和大家聊一聊？

（学生谈理想。）

杨：小小的蜡烛发出美丽的光芒，就让我们点燃这根蜡烛，许下心中最美好的心愿。

（点燃生日蜡烛。）

田：刚才蜡烛被点燃的那一刹那，不知你可曾想到，这一根根象征着美好的蜡烛就仿佛是讲台上那紧握粉笔、辛勤工作的园丁。他们像蜡烛般燃烧自己，照亮我们，让我们时时感到爱的温暖。今天，在我们迈入十四岁青春的门槛之际，辛勤的园丁也带来了对我们的真挚祝福。

（班主任发言。）

杨：听了老师的一番亲切的话语，一股暖意涌上心头。在这个寒风呼啸的季节，我们共同迈过了人生中最重要的门槛，它标志着我们已经长大了，成熟了，懂得了怎样去独立思考问题。

田：长大了，肩头的担子自然就重了，这担子不光有个人和家庭，还有社会和国家。要做一个有责任心的人，就要勇于面对每一次挑战，迈过每一道门槛——只要你不畏惧它、不被它打败。

合：你人生的道路将会一帆风顺！

田：这次班会结束之时，就是我们进入青春阶段之时。青春生活五彩缤纷，青春的我们有无限精力。我们的青春时光将会在校园中度过，所以校园生活就格外重要，下面请校领导致青春寄语！

（校领导发言。）

合：希望这次班会能成为大家美好的回忆！

合：初二（5）班十四岁生日主题班会到此结束！感谢大家的光临，谢谢！

附：蛋糕创意

1. 蛋糕为书形，50寸。以书形为整体形状，是考虑到学校发行了一本名为《青春心语》的书，想起这次班会的主题也大致如此，如果在蛋糕上再写上几句祝福的话，将对学生很有意义，所以就定为书形。

2. 蛋糕上的文字内容为：

青春如水晶般晶莹透明，
青春如星星般闪闪发光。
我们在青春中放声歌唱，
我们在青春中翩翩起舞。
让我们珍惜青春的分分秒秒，
不要让青春虚度。

其意义在于：青春是人的一生中最重要的一个阶段，把握好青春就是把握好自己的未来。

谱写青春的乐章

——京源学校11级初二（7）班十四岁生日主题班会设计方案

【班会主题】

谱写青春的乐章。

【班会目标】

通过这次班会使学生理解父母，并在这个特殊阶段和父母相处得更融洽；教会学生懂得感恩，不辜负父母的期望，确定人生目标或是阶段性的目标，激励学生今后更好地学习和发展。

【活动时间】

2012年12月19日

【主持人】

张琬萌（A），曹润杰（B），侯雨彤（C），孟子贺（D），陈涵（E），李博豪（F）

【班会现场】

A：青春像一首歌，打着欢快的节拍。

B：青春像一句诗，吟着自由的韵律。

C：青春像一幅画，染着明艳的色彩。

D：青春像一条小溪，淌着清澈的水。

E：青春像一部电影，闪过精彩的瞬间。

F：青春像一把琴，奏出动人的乐曲。

齐：初二（7）班十四岁生日主题班会——“谱写青春的乐章”，现在开始!

A：十四岁的天空，是一块记录青春与梦想的里程碑。

B：十四岁的秘密，是一个荡漾着朦胧感情的伊甸园。

C：十四岁的心曲，是一串跳跃在缤纷花雨中的音符。

D：十四岁的友情，是一抹不含任何杂质的温暖阳光。

E：十四岁的回忆，是一只让梦凝聚在时光中的青鸟。

F：十四岁的故事，是一部歌颂世间灿烂纯美的史诗。

A：让我们骄傲地喊出我们的年龄——（十四岁!）感谢各位领导、叔叔阿姨在百忙之中抽出时间参加我们的班会，希望今天在座的各位都能陪我们一同走过这段心灵的旅程。

第一部分　童年的旋律

A：十四年前，伴着一阵响亮的啼哭，我来到这个世界。

B：亲爱的妈妈，我不知道，您是经受着怎样的阵痛迎接我的到来。

A：亲爱的爸爸，我更不知道，您是带着怎样的期待等待我的降生。

B：但是我知道，爸爸妈妈的爱让我成为最幸福的宝贝。

A：曾记否，在妈妈的精心装扮下，穿着漂亮的衣服，洋洋得意的你?

B：曾记否，穿着开裆裤，举着棒棒糖骑在爸爸肩上，笑得天真烂漫的你?

A：曾记否，在幼儿园门前，死死拽着妈妈的衣角，哭得伤心的你?

B：那些儿时的种种回忆，总是能触及我们心灵最柔软的地方。

A：翻开相册，追忆往昔，那一张张充满童趣的照片是父母用爱定格下的动人瞬间。

(展示学生的成长照片和视频，播放背景音乐。)

A：弹指一挥间，时光飞逝，十四年来曾经发生的美好与快乐，已成为回忆。

B：时光从不曾停下匆匆的脚步，我们拥有过的十四年，现在想来，只不过是一瞬间。

A：十四年，我们长高了许多，十四年，父母却添了些许的皱纹。

B：时间啊时间，都去哪了？

（男声合唱《时间都去哪了》。）

第二部分　青春的旋律

C：当淡淡的晨曦洒向大地时，我们携手迈向青春，从童稚走向成熟。当柔柔的微风吹在脸上时，我们跨进了青春的大门，学会理解、感激和珍惜。

D：我们开始了我们的第二次求学生涯，这段时间里，我们学会了互帮互助，学校就像一个家，而同学，就像是兄弟姐妹一般。

（展示校园活动，播放背景音乐。）

C：还记得初一军训时，与教官分别前的点点泪花吗？

D：还记得运动会上，全班同学一起跳的东北大秧歌吗？

C：还记得在卢沟桥，我们建队活动中喊出的誓言吗？

D：还记得排舞大赛上，我们漂亮的“三好学生”班服吗？

C：还记得英语短剧中，男生们遭遇的“地震”惨状吗？

D：还记得女足队伍中，女生们标准的站位吗？

C：还记得亲子运动会上，与父母一起的盲行吗？

D：还记得在山东，于老师给我们买的花生糖吗？这些美好的瞬间将成为我们甜蜜的回忆。

C：曾几何时，我们发现天空不再蔚蓝，阳光不再灿烂，我们的字典里增添了“忧伤”“烦恼”等词汇，和曾经亲密无间的父母间仿佛隔了一堵隐形的墙。我们和父母间经常是这样的场景——

（学生演话剧A段。）

D：是这个世界改变了吗？不是的。是我们在变，在渐渐长大，想要挣脱束缚。我们不再视父母的话为真理，我们经常会觉得和父母之间难以沟通。其实，是我们没有理解蕴藏在身边的爱。

（学生演话剧B段。）

E：爱之深，责之切！正因为有爱，才会有矛盾，但是无论怎样，我们都应该深深懂得父母是这个世界上最爱我们的人。

F：在召开班会前我们做了一个调查，父母最喜欢孩子说哪些话？孩子又喜欢父母说哪些话？下面我们一起来看一下调查结果。

（公布调查结果。）

E：有时可能只是一句简单的“谢谢”，一句“妈妈您辛苦了”，就能让父母顿时感觉温暖。

F：有时可能只是一句“加油，我相信你”，就能让我们恢复信心，重新投入到战斗中。但有时，正是由于缺乏沟通，没能让我们互相倾诉心中的爱。今天，父母将他们心中的话写成了一封封信件，让我们用心聆听。下面有请尔乐为的妈妈读信。

（尔乐妈妈读信。）

第三部分　爱的旋律

F：这不是普通的信，这是父母与孩子间爱与爱的歌唱，这不是简单的白纸几张，这是父母与孩子间心与心的对话。

（观看视频《最辛苦的职业：母亲》。）

F：母亲365天全年无休的爱是那么细微入怀，母亲是全天下最辛苦的职业。

E：我们很多同学也捕捉到了妈妈在平时生活中忙碌的身影，今天就让我们说出感谢，说出我们的爱！

（进入“妈妈，我想对你说”环节。）

E：父母是最伟大的人，你们对我们付出了这个世界上最无私的爱，不求回报，只求我们幸福快乐。下面有请李安奇爸爸读信。

（李安奇爸爸读信，读完后李安奇拥抱父亲。）

F：十四个春夏秋冬，寒来暑往。是妈妈的叮咛伴我们上路，是爸爸的微笑迎我们回家。

E：爸爸妈妈那浓得化不开的爱里，不仅有祝福与嘱托，还有更多的担心与牵挂。

F：他们为我们付出了太多太多，叛逆和想要独立的我们却常常惹他们生气，不懂得去珍惜这份情感。

E：今天，我们懂事了，长大了，要用赤子之心回报你们的养育之恩。让我们听一听同学们的心声，有请闫欣同学，为我们朗读她写给父亲的信。

（闫欣同学读信。）

F：是谁教会你骑自行车？是谁让你骑在脖子上眺望远处？是谁把熟睡的你一步步背上楼？爸爸每天工作多长时间？爸爸每天都做些什么？

E：第一个抱起你的人是爸爸吗？爸爸的生日是哪天？小时候是谁下班回来往你的小手中塞一颗糖果？又是谁靠着自己的臂膀撑起整个家？

F：有时候，你可能会抱怨父亲越来越忙了，但仔细想想，也许你也很忙。我们忙着玩耍、忙着学习、忙着打游戏，总是有很多事情要忙，但是请别忘记给那个赐予你幸福童年的爸爸一些关爱。

（前奏起，女声合唱《父亲》。）

E：想想以往的任性，不禁有些懊悔。当我们即将步入十四岁的花季，每个人都有许多话要对亲爱的爸爸妈妈说。

F：今天，就让我们一同去感受那最真实、最迫切想要表达的感情。

E：下面，请大家交换信件，去感受那一颗颗充满爱的心。

（家长学生交换信件，看信。）

F：一封封饱含深情的文字让我们不忍释手，一个个感人的瞬间历历在目，我想每个人的内心都有千言万语想要诉说。

E：下面由我们来采访一下同学们。

（主持人随机采访两位同学，两位家长。）

A：同学，你好，请问你在读过了父母为你写的信后，心里有什么触动吗？有没有改变对父母的看法呢？你现在是怎么想的呢？（挑一个问题就好）

（根据学生的发言，主持人做总结。）

B：家长，您好，请问您在读过了孩子给您写的信后，有没有觉得自己对孩子的感情、教育、陪伴上有什么改变呢？您有没有通过这封信真正了解您的孩子呢？

（根据家长的发言，主持人做总结。）

（请所有的同学走到父母面前，父母坐在位子上，让全场的每个人认真地感受这个时刻。）

A：请你走到爸爸妈妈的身边，好好看一看他们的脸，他们的眼角是不是又生出些许的皱纹？是不是有白发已悄悄爬上了他们的鬓角？请你握一握爸爸妈妈的手，他们的手早已粗糙，但就是这双手给了你美味的饭菜和温暖，最后，请你用尽自己全身的力气去拥抱他们吧，他们曾是那样无私地爱了我们那么多年！亲爱的爸爸妈妈，也请你们来拥抱您的孩子，每个孩子都是上天赐予的宝贝，我相信他们也曾给您带来满满的爱和感动。让时间在此定格，让爱和美好不再离去。

E：今天，每位家长和学生都准备了一份精美的礼物，每件礼物都蕴含着自己的一件感人的故事，下面，就请各位家长与孩子交换礼物！

（交换礼物。换完了礼物，主持人充当记者采访家长、同学。）

C：同学，你好，请问准备的是什么礼物？有什么含义？

（学生回答。）

D：谢谢你的发言。

D：家长，您好，请问您为什么为您的孩子准备这份礼物呢？有什么特殊含义呢？

（家长回答。）

C：谢谢您的发言。

E：心怀感恩，时时刻刻感谢父母的养育之恩，它不需要惊天动地。为父母做一些力所能及的事情，在父母生日时献上一句祝福和一张卡片，在父母劳累后为他们揉揉肩，捶捶背。

F：感恩不需要挂在嘴边，可以是帮母亲洗碗、扫地、叠衣服，也可以是与父母多说说知心话，多交流，有事要让父母知道，不要让他们担心。

E：感恩不是说说就好，而是要用心去体会父母的艰辛和不易，用心去倾听父母的烦恼，让父母减少点压力。

F：心怀感恩，感谢父母养育之恩；心怀祝福，祝福父母，天天快乐，天天幸福。

（朗诵第一段。）

感恩每一滴水，它把我滋养；

感恩每一枝花，带给我芳香；

感恩每一朵白云，编织我梦想。

感恩每一缕阳光，托起我希望。

（播放歌曲《感恩的心》第一段。）

（朗诵第二段。）

感恩父母给予我生命，

感恩老师教会我成长；

感恩帮我的人啊，使我感受善良；

感恩伤害我的人，让我学会坚强；

生活在感恩的世界里，感恩的世界和谐美丽；

生活在感恩的世界里，感恩的世界有我有你。

（全班合唱歌曲《感恩的心》。）

第四部分　梦想的旋律

A：当我们跨入十四岁，我们便不再是小孩子，我们有我们的梦想，有我们的追求，有我们自己的目标。

B：我们的未来，是充满挑战的，也可能是充满坎坷与荆棘的！不过我们始终坚信，只要努力，我们的未来将是一片晴朗的天空。

A：我们将从这里开始，我们会走很长的路，其中也许会走些弯路，但是梦在前方指引着我们的方向。

（学生表演舞蹈《梦在前方》。）

C：拥有梦想的青春是简单快乐的，拥有梦想的青春是奋发向前的，拥有梦想的青春是无所畏惧的，拥有梦想的青春是所向无敌的！我们坚信，未来掌握在自己手里，并以这样的信念左右自己的人生。

D：十四岁，花一般的年龄，我们充满了对未来的憧憬，我们拥有各自的梦想，是梦想给予我们超乎寻常的力量，它推动着我们为自己、为大家而奋斗、拼搏。此刻，让我们将理想化作一个个音符来挂满我们青春的五线谱，谱写属于我们自己的青春乐章。

（全班学生挂音符，说出自己的理想。）

A：在今天这个特殊的日子里，相信于老师也有很多话想对我们说，让我们共同聆听！

（于老师讲话。）

C：大爱我们班，这是一个由拥有着光明之翼的天使组成的大家庭，我们懂得感恩，懂得责任，懂得尊重。

D：我们终会有一天，展开美丽的双翼，启程飞向未来的天空。只有启程，我们才不会浪费宝贵的光阴，让生命之树结满丰硕的果实；只有启程，我们才会向理想的目标靠近，从而有机会和成功握手；只有启程，我们才会创造崭新的自我，用执着的追求书写无悔的人生。

合：让梦想为我们导航，让你们的爱为我们护航。让我们一路高歌，带着梦想翱翔启程！

（合唱班歌《启程》。）

A：北京市京源学校初二（7）班十四岁生日主题班会——“谱写青春的乐章”到此结束！

B：感谢今天所有到场的家长与老师，感谢所有为本次活动付出辛苦劳动的同学和老师，在此我们想对你们说一句——

合：你们辛苦了！

C：欢送来宾退场！

附录

“十四岁的故事”十四岁

《现代教育报》编辑部主任冉阳

十四岁，是一个金色的年龄；十四岁，是一个充满无尽幻想、无限憧憬和无限希望的年龄。每个孩子，都拥有属于自己的十四岁的故事。

在北京市石景山区京源学校，每一位孩子都有一个关于十四岁的特别的故事。在他们十四岁的光阴里，会有一个关于两封信的故事。这是两封称呼不同、内容不同、笔迹不同的信件。一封是孩子写给父母的，一封是父母写给孩子的。

这是学校以“青春、理想、责任、期望、报答”为主题，以十四岁生日主题班会为主要形式开展的“青春一封信”主题教育活动。学校自建校以来一直坚持在初二年级开展此项活动，并把它作为课程纳入了学校工作中，写入京源学校德育大课表，使之成为学生人生成长中的必修课。

“儿子，虽然平时爸爸不善于表达，但我是爱你的。你两岁的时候得了急病，爸爸送你去医院，那种心疼和焦急现在都难以忘记……不管任何时候，爸爸都要守护你，哪怕是付出自己的生命。”近日，在京源学校初二（1）班的主题班会上，一封父亲的信还没念完，全班孩子已经泣不成声。这场题为“青春从这里起飞”的十四岁生日主题班会，是京源学校“青春一封信”教育活动的第100场主题班会。

初二（1）班班主任在与家长的多次沟通中了解到，班中学生与父母经常出现小摩擦。有的是因为父母不了解这个时期孩子的特点，过于干预孩子的空间所导致，有的则是因为孩子叛逆期的心理问题所导致。但是在这些学生的内心，都能了解父母对自己的爱，只是彼此缺乏沟通和表达。所以班主任便将这次主题班会的重点定位在感恩教育，帮助学生与家长之间进行良好的沟通，本次班会的出发点与十四年前学校开始启动这项活动的初衷不谋而合。该校校长白宏宽说，十三四岁的年纪是孩子们世界观和人生观开始形成的关键期，也是他们从少年到成年的过渡时期。在这个时期里随着文化知识、社会经验的不断丰富和积累，生理机能逐渐成熟，他们的分析、理解和判断问题的能力迅速提高，因此他们心理上就产生了强烈的成人感，迫切要求摆脱父母、师长的看护和自己的从属地位，开始独立自主生活。但他们的社会阅历毕竟太少，还缺乏社会责任感和义务感，个人发展不容易与社会要求一致，有时会因为一种故意的执拗心理造成与成年人的对立。如何根据孩子们的心理特点，既肯定他们的独立意识，又能引导他们树立高尚的理想，培养较强的社会责任感，成为今年学校的教育者们要慎重思考的一个问题。为此，京源学校积极探索学生心理，不断加强教育实践，开展了“迈好青春第一步”的系列教育活动。据京源学校团委书记介绍，学校在积极开展青春期知识普及教育的同时还开办了家长学校，充分发挥家长在青春期教育中的重要作用。

与家长良好的沟通与协作为学校进一步开展教育工作奠定了良好的基础，学校团委创造性地组织开展了“青春一封信”活动，邀请家长在孩子即将十四岁的时候，能够以饱蘸深情的笔墨给孩子写一封信。把他们的青春故事，养育孩子的艰辛，对孩子的挚爱和期盼化作感人的文字写给孩子，并精心为孩子选一件有纪念意义的青春礼物。校长白宏宽说，孩子们的情感最丰富，也最易受感染，他们会在惊讶和感叹中感悟父母的嘱托，了解责任的含义，从而立下雄心壮志。父母与子女的感情也会因这封信得到更好的沟通，这为我们以后教育孩子奠定了良好的基础。学校意识到这项活动是否能顺利进行有赖于学生、家长与学校的密切配合，于是展开了一系列的工作。首先，对班主任进行培训，让教师清楚为什么要在初二年级开展这样的教育活动和活动的心理学、教育学、社会学依据，并组织教师研讨活动设计，还让班主任了解自己在活动中的角色和作用等。其次，学校召开了“青春一封信”家长启动会，启动会上，由学校的专职心理教师向家长介绍青春期孩子的特点和教育方法，以及如何发挥家长的教育作用，在青春期阶段帮助孩子树立正确的理想和信念。在此基础上，白校长全面介绍了“青春一封信”活动的目的和方法，并请家长们积极配合。学校给每位家长都写了一封信，信中这样写道：我们都曾有过青春，如今又有了正值青春的孩子，我们都希望自己的孩子志向宏远、品行高洁，希望我们密切配合，共同创造良好的育人环境。在与教师、家长做好沟通后，学校把最终的落脚点放在了对学生的培训上，学校也要求孩子们给自己的爸爸妈妈写封信，感谢爸爸妈妈的养育之恩。

创设主题班会，每个人都在收获成长。“青春一封信”活动所有的筹备工作都充分调动了学生的积极性，每个班的班会都让所有的学生参与，班会的整个过程也是由学生自己设计的。在准备过程中培养了学生的主动参与意识和自我教育意识。从邀请函到海报的设计，从晚会场地的布置到设备音乐的调试，从一个个精心的节目编排制作、背景幻灯片到主持人的串词，从邀请学校领导、教师和家长到生日蛋糕的设计采购，学生们都满怀激情地去做。通过班会的组织，也让教师和学生们发现了班级中的不少人才，每个孩子都在这个过程中得到了历练和成长。初二（3）班的周琦同学这样告诉记者：“在班会的组织筹备中，我承担了很多烦琐但不起眼的工作，一开始我还有怨言，但班会结束后，当同学和老师们纷纷向我致谢时，我才意识到自己和自己所承担的工作的重要性，通过这些我懂得了什么是责任。”在同学们自己设计的这次生日会上，孩子、家长、教师围坐在燃烧的十四根蜡烛前，悠扬舒缓的乐声中主持人拉开班会的帷幕。从刚刚出生时婴儿的啼哭到无忧无虑的童年玩耍的照片，从由小到大逐渐成长的脚印到父母日渐增多的白发，大屏幕上显示的画面让在场的每个人的思绪都回到了从前。烛光中，孩子的眼中饱含着感动的热泪，他们纷纷回忆自己的成长历程，诉说父母对自己的无限关爱；家长们则讲述养育孩子的故事，故事虽然平凡但很感人。之后，家长和孩子互换信件。怀着无比激动和好奇的心情，学生们打开了父母写的信，一封封浸透着父母无限深情和殷切希望的书信深深打动了他们的心。烛光中，孩子们手捧着父母的信，在惊讶与感叹中领悟了父母的嘱托，了解了责任的含义。在班会上，每个孩子还收到了家长精心挑选的一份特殊的生日礼物，或是父母年轻时的一页日记，或是一个贴满儿时照片并由母亲赠言的笔记本，或是一本有益的书籍。一件件小礼物在平凡中蕴含着深意，寄托着父母的厚望和深情。班会上，班主任也送给全班孩子一份生日礼物，并鼓励同学们树立正确的理想，珍惜闪光的青春年华，用自己的奋斗回报父母的恩情。在班会的最后，学生们用哽咽的话语真切地表达了自己对父母养育之恩的感激，对青春的挚爱，对未来的追求以及立志成才回报父母的决心。事实上，通过这样的活动，收获和成长的并不只是孩子，很多家长也受益匪浅。学生家长李景富这样写道："这是一场身份平等的对话，父与子、母与女彼此之间就不应该有什么代沟，只可惜以往我们过于自信于这种天然的父子母女、关系而忽视了我们的交流，谢谢这样的主题活动，给我们提供了一个传情达意的机会。"

"好雨知时节，当春乃发生"，如今"青春一封信"活动得到了家长、学生的充分认可。团区委领导也充分肯定了学校开展此项活动的意义和效果，认为此举是对青少年教育有效途径的探索。"青春一封信"活动还获得了中宣部"全国青少年思想道德建设创新成果奖"。谈到"青春一封信"的成功因素，白宏宽校长总结了几点：以情动人，活动紧紧抓住父母与孩子之间的骨肉深情，用真情打动人，架起了父母与孩子感情沟通的桥梁，为他们提供了彼此互相倾诉心里话的媒介。写信的方式虽然古老，但大多数父母和孩子都感到很新鲜，新鲜感会增加吸引力，另外写信这种方式也可以让写信的人有充足的思考时间，不受环境等不确定因素的干扰，充分酝酿感情，并字斟句酌地把感情完美表达出来，而且落在纸上的文字可以被反复阅读、细心体味并永久珍藏。在初二年级孩子们步入十四岁，心理、生理发育高峰期开展这样的活动，应该说正是时候，孩子们成长的需要，父母和教师寻找适合的教育方法的需要，都交汇于此。

今年的深冬，学校的校园里依然上演着关于十四岁的故事，活动过程中几乎所有的参加者眼睛都是湿润的，有的还抑制不住让泪水扑簌簌地流下来，每个人的脸上因激动而放射着光彩。在这光彩中，我们看到的是理解、感动，是孩子们开始懂得回报，懂得义务和责任含义的庄严，是家长和老师看到这份庄严时的欣慰和笑容。

[本文选自 2011 年 1 月 3 日《现代教育报》，内容有改动]

江苏凤凰教育出版社
《行知工程》系列丛书目录

系列	序号	书名	主编	定价
解码学生心理系列	1	《在人生的春天播种——十四岁，写给青春的一封信》	白宏宽	30.00
	2	《孩子问题行为一点通 ——只有好老师才知道的学生心理谜底》	严育洪	30.00
创新教学探索系列	3	《〈红楼梦〉里的语文课》	李日芳	30.00
	4	《品世界名画，学精彩作文 ——特级教师的“名画”作文教学法》	李日芳	30.00
	5	《让学生把母语用精彩——“语用课堂”的探索与实践》	佘小红	30.00
	6	《“备”出课堂精彩——备学式教学的课堂实践与思考》	张旭兰	30.00
	7	《神奇的阅读教室——带学生踏上美妙的阅读之旅》	李祖文	30.00
	8	《打造有生命力的课堂——“两步八环节”教学模式探索与实践》	查联智	30.00
	9	《最能培养学生探究能力的课堂 ——小学科学与信息技术单元整体课程实施与评价》	李怀源	30.00
	10	《最能激发学生运动天赋的课堂 ——小学体育单元整体课程实施与评价》	李怀源	30.00
	11	《最能提升学生艺术素养的课堂 ——小学艺术单元整体课程实施与评价》	李怀源	30.00
	12	《“生命语文”探索——焕发语文生命力的思考与实践》	王自成	30.00
	13	《粘连作文教学：让习作成为有个性的自我建构》	黄瑞夷	30.00
	14	《备学式教学——在体验中建构数学思维》	单广红　范雪梅	30.00
	15	《向着自主进发——自主教育的创新实施智慧》	朱亚红	30.00
	16	《写中学——让学习更有效的学科写作教学》	钟传祎	30.00
	17	《小学科学实验总动员——大科学课堂有效提升学生创新力》	江美华	30.00
	18	《小学语文单元整体课程实施与评价》	李怀源	30.00
	19	《小学英语单元整体课程实施与评价》	李怀源	30.00
	20	《小学数学单元整体课程实施与评价》	李怀源	30.00
	21	《让教学更能激发智慧——“思维碰撞”课堂的建构与实施》	程和方	30.00
教育求索系列	22	《“一亩三分地”——一位一线教师的教育微思考》	王庆欣	30.00
	23	《爱的守望——一位一线教师对教育的坚守》	林卫红	30.00
	24	《思政教学的人文力量》	戴晓华	30.00
	25	《师道新说——给教育者的30条箴言》	徐　卫	30.00

系列	序号	书名	主编	定价
校本研修系列	26	《徜徉语文教研》	肖俊宇	35.00
	27	《校本研修资源的开发与利用》	陈朝林	30.00
	28	《校本研修与教师专业成长》	吴积军	30.00
	29	《卓越教师经典研修成长策略》	刘天宝等	30.00
校本研修系列	30	《特色校本课程开发范例解读》	刘永平　李秀伟 张雪梅	30.00
	31	《高效校本研修模型构建艺术》	刘素雁	30.00
	32	《走向实践的教研——中小学教育科研引领与应用》	江　敏	30.00
名校系列	33	《让每个孩子都成志 ——清华附小主题阅读课程的实施探索》	窦桂梅	30.00
	34	《让每个孩子都成志 ——清华附小主题实践课程的实施探索》	窦桂梅	35.00
	35	《向着朝阳走去——清华附小合作办学实践探索》	窦桂梅	30.00
精彩课堂系列	36	《给孩子更好的数学课堂》	易增加	30.00
	37	《小学生阅读素养的提升策略》	邵巧治	35.00
	38	《从语文素养走向生命成长——小学语文读写课堂教学密码》	曾海玲	30.00
	39	《真实的品德课》	朱淑秀	30.00
	40	《英语课堂学习共同体——新型的师生交互学习场》	杨延从	30.00
	41	《指导自主学习——初中数学学与教的研究与实践》	刘其武	30.00
	42	《玩出精彩的课堂——小学低年级教与学方式转变研究》	陶红松	30.00
	43	《让生命之花自主绽放——语文个性化教学建构策略》	商德远	30.00
	44	《让学生亲历知识——主体参与下体验式学习的实施策略》	何世祥	30.00
教育思想者系列	45	《高效教学的道与术——陶继新教育讲演录》	陶继新	30.00
	46	《名校之道——陶继新对话名校长（1）》	陶继新	30.00
	47	《教育，一切从孩子出发》	黄　俭	30.00
教育管理力系列	48	《缔造唯美教育——延奎小学素质教育实施策略》	易增加	30.00
	49	《让普通学校崛起的 20 个细节——“生命为本”教育团队成长密码》	李其玉	30.00
	50	《“走”出教育的精彩：走动式学校管理文化构建》	罗　军	30.00
	51	《校长兵法：学校管理四十六计》	皮大鹏	30.00
教师修炼系列	52	《教育，爱与宽容——教师心灵礼仪修炼》	许力争	30.00
班级文化系列	53	《活力班级的文化建设》	胡　珏	30.00
	54	《做幸福的班主任》	吕　丽	26.00

系列	序号	书　　名	主编	定价
教育家核心思想系列	55	《叶圣陶谈阅读》	叶圣陶 著 李怀源 选编	30.00
	56	《多元智能理论的本土化应用》	刘治富	30.00
	57	《大教育家最具施教力的教学思想》	白刚勋	30.00
高效能教学系列	58	《高效能教师的 10 个好习惯（中学卷）》	张　瑾	30.00
	59	《让作文落地生根——提高写作实效的教学策略》	黄桂林	30.00
	60	《高效能作文教学 5 项修炼》	陈步华	30.00
高效能教学系列	61	《高效能校长的 10 个好习惯》	张　勤	30.00
	62	《高效能教师的 10 个好习惯（小学卷）》	谢　英	30.00
	63	《高效能语文教学 5 项修炼》	王其华	30.00
新课程探索系列	64	《语文新课程的批判与重建》	葛桂斌	30.00
美国名师教学译丛	65	《美国名师游戏教学本土化应用：幼儿园》	（美）玛西娅 L. 泰特 著 胡 珍　瞿 菁　编译	30.00
	66	《美国名师游戏教学本土化应用：小学英语》	（美）玛西娅 L. 泰特 著 杨永华　张心影　编译	30.00
	67	《美国名师游戏教学本土化应用：小学数学》	（美）玛西娅 L. 泰特 著 谢艳红　编译	30.00
	68	《美国名师游戏教学本土化应用：小学科学》	（美）玛西娅 L. 泰特 著 刘丽萍　编译	30.00
	69	《美国名师游戏教学本土化应用：小学社会》	（美）玛西娅 L. 泰特 著 姜梅芳　编译	30.00
	70	《美国名师游戏教学本土化应用：小学音体美》	（美）玛西娅 L. 泰特 著 尹立志　编译	30.00
鲁派名师名校·教育探索者系列	71	《悦读立人——校园阅读文化体系构建策略》	杨世臣	30.00
	72	《教育智慧何处来——一位特级教师的思考手记》	付立金	30.00
	73	《和雅文化——校本课程的创新构建》	汤善香	30.00
	74	《让个性绽放精彩——学校课程体系整合与创生》	谢建伟　徐淑萍	30.00
	75	《让每个学生都幸福——最能润泽生命的学校文化建设》	谢建伟　张新喜	30.00
生态化校园系列	76	《点燃学习的激情——构建校园生态化学习型组织》	杨树岳	30.00
	77	《课改突围——构建学校生态化教学体系》	杨树岳	30.00

系列	序号	书　　名	主编	定价
教育新思考系列	78	《语文教育向何处去》	王　丛	26.00
	79	《教育，就是做好普通的事》	孙志毅	27.00
	80	《走出语文的偏见——让学生体悟文本的原义》	丛智芳	30.00
	81	《让语文教学更高效——批注式阅读教学探索》	韩中凌	30.00
	82	《读写互促——探寻学以致用的语文教学》	曹　龙	30.00
	83	《跳出数学教数学——用文化融通数学教学》	马建秀	27.00
名师感悟系列	84	《让心灵伴着歌声成长——22 位音乐名师的教育智慧》	陈　璞	30.00
	85	《超越自我的教师——32 位名师的成长感悟》	李卫东　李秀伟	35.00
	86	《心灵的守护者——19 位名班主任的教育智慧》	王晓松　曲文弘	30.00
	87	《名师感悟班主任有效工作艺术 90 例》	符礼科	30.00
	88	《名师感悟有效教学 90 例》	林高明　徐玉烟	30.00
信息化教学系列	89	《巧用白板教语文——信息技术与语文教学操作指南》	蒋丽清	30.00
	90	《跨越式实现高效课堂 ——信息技术与课程整合高效教学方案评析》	陈　玲　刘　禹	30.00
教师必读系列	91	《教师必学的 16 堂修养课》	武宏伟	30.00
	92	《教师不可不知的教学心理效应》	叶勇军	30.00
	93	《班主任不可不知的管理效应》	奚一琴	30.00
	94	《教师不可不知的教育心理效应》	孙　媛	30.00
	95	《校长不可不知的管理效应》	谢申刚　张金豹	30.00
	96	《成为好教师的 7 项修炼》	王福强　李维华	30.00
	97	《如何让学生会学习》	龙　冰	30.00
	98	《如何让学生爱学习》	周震宇　许小燕	30.00
核心教学主张系列	99	《新生代语文名师核心教学主张》	许友兰	30.00
行思讲坛系列	100	《灵动而朴素地教语文——潘文彬的微格教育生活》	潘文彬	30.00
	101	《师爱无疆——润泽学生心灵的教育故事》	侯忠彦	30.00
	102	《怎样反思更有效 ——促进教师专业发展的反思策略》	诸贝贝	30.00
	103	《成为高度自觉的教育者——写给后课标时代的数学教师》	许卫兵	30.00
	104	《哲思数学课》	刘全祥	30.00
	105	《智慧数学课——黄爱华教学思维的实践策略》	黄爱华	30.00

系列	序号	书　　名	主编	定价
行思讲坛系列	106	《童趣数学课》	徐　芳	30.00
	107	《把学生教聪明》	严育洪	30.00
	108	《教师最应该规避的教育误区》	杨坤道	30.00
	109	《用语文的方式教语文——潘文彬教学主张与实践智慧》	潘文彬	30.00
	110	《怎样让阅读教学更有效——提升教学能力的十种读诵模式》	汪秀梅	28.00
	111	《让生命在润泽中起舞——当代小学生最需要的主题班会》	吴联星　罗　琳 冯卫东	30.00
	112	《让生命欢快拔节——当代中学生最需要的主题班会》	冯卫东　吴联星	30.00
	113	《课堂因生成而精彩——高效教学的生成智慧》	张文质	30.00
	114	《回到每一个人的生命化教育——张文质二甲中学教育行动录》	张文质	30.00
中国教育变革之路丛书	115	《百年树人师何为——教师队伍建设困顿与出路》	将丽珠　李玉向	30.00
	116	《入园何时不再难——学前教育困惑与抉择》	曾晓东 范　昕　周　慧	30.00
	117	《三尺书桌何处寻——流动人口子女教育困难与破解》	范先佐	30.00
	118	《苦旅何以得纾解——高考改革困境与突破》	郑若玲	30.00
	119	《择校纠结何时了——择校问题困局与治理》	曾晓东　周文海 曾娅琴	30.00
创新教学思想系列	120	《“大问题”教学的形与神》	黄爱华　张文质	30.00
校长领导力系列	121	《高品质学校生长要素》	王益民	30.00
	122	《校长高校教学领导力提升策略》	徐世贵　郭文咨	30.00
教育漫笔系列	123	《课堂，诗意地栖居》	吴书华	30.00
新思维系列	124	《教育中的“不一定”——打破教育的19种思维惯式》	严育洪	30.00
教学提升系列	125	《有思想地教阅读——让学生学会品读文字真意》	王学东	30.00
教育艺术提升系列	126	《藏在师生体态语言里的教学智慧》	张　宇　廖生波	30.00

系列	序号	书名	主编	定价
教学全手册系列	127	《小学习作教学全手册》	郭家海	30.00
	128	《中学写作教学全手册》	郭家海	30.00
	129	《情境教学操作全手册》	冯卫东	35.00
	130	《合作教学操作全手册》	李春华	35.00
	131	《探究教学操作全手册》	周新桂	35.00
	132	《自主教学操作全手册》	诸葛彪	35.00
	133	《创新教学操作全手册》	王　玮	35.00
	134	《班主任工作全手册》	刘沛华	35.00
	135	《新教师工作全手册》	周震宇	35.00
	136	《学生心理健康教育全手册》	刘海莉　刘春杰	35.00
	137	《高效教学操作全手册》	马友平	35.00
创新人才培养系列	138	《创新人才培养校园科普精品课程开发与指导 ——人大附中创新人才培养》	罗　滨	30.00
	139	《创新人才培养特色校本课程开发与创新人才培养 ——清华附中“国际安全下的科学技术”课程构建与实施》	王殿军　方　研 赵宏雁	30.00
创新人才培养系列	140	《创新人才培养：学校实验室建设与管理》	刘克文 杨发丽　杨　平	30.00
	141	《创新人才培养：数学探究活动开发与指导》	马云朋　韩继伟	30.00
	142	《创新人才培养：化学研究活动开发与指导》	王　磊	30.00
	143	《创新人才培养：物理探究活动开发与指导》	廖伯琴	30.00
	144	《创新人才培养：地理探究活动开发与指导》	张建珍　陈　澄	30.00
	145	《创新人才培养：生物探究活动开发与指导》	张迎春	30.00
	146	《创新人才培养：理念探索与思维突破》	王晶莹	30.00
新生代通派名师系列	147	《简约数学教学》	许卫兵	30.00
	148	《语文教学的本真——情意课堂展现母语之美》	吴建英	30.00
	149	《语文课堂的理想追求——欢快达成三维目标》	董一红	30.00
	150	《阅读教学的真髓——意象构建读出文学的真美》	祝　禧	30.00
	151	《美术教育的真谛——审美人生教育让生命绚丽成长》	陈铁梅	30.00
	152	《语文教学的理想境界——无痕教学润泽生命》	李　凤	30.00
	153	《儿童作文的本义——嬉乐作文让儿童乐并成长着》	王笑梅	30.00
	154	《名师是怎样炼成的》	王建明　王笑君	35.00
幼师成长系列	155	《幼儿行为背后——教师如何读懂幼儿的心思》	吴亚英	30.00
	156	《最具教育力的22种幼儿教育思想》	杨　达	30.00
	157	《幼儿教师必知的安全应急措施》	杨　达	30.00
	158	《幼儿教师必备的教育技能》	李　玲	30.00
	159	《卓越园长21条幼儿园管理策略》	周　丹　江东秋	30.00